姉は徒然なるママに
弟のエッチなお世話は
甘エロJKシスターズにお任せ！
著
siou
画
H+O
原作
アトリエかぐや
Cheshire Cat
ぷちぱら文庫

清水沙月
しみず さつき
三つ子の長女で、成績優秀なクール系美女。学園では生徒会長を務め周囲からの信望も厚いが、無意識で他者に同レベルの能力を求める一面も。
清水空
しみず そら
三つ子の三女で、家庭的な癒やし系美少女。勉強も運動もそこそこだが料理をはじめとした家事のエキスパート。家族を温かく見守っている。

清水 地歩

しみず ちほ

三つ子の次女で、活発なアスリート美少女。陸上部の短距離では全国レベルの才能を誇る。活動的な性格が行き過ぎて暴走しがちな面もある。

清水太陽

しみず たいよう

幼少期の出来事がきっかけで清水家の一員となった。成長するにつれ魅力的になっていく姉たちに性的感情を抱き始め、煩悶する日々を送る。

目次

序章　徒然なる春

●入学式

「たーいようっ♪　おーはよー♪」

「うわっ!?」

清水《しみず》太陽《たいよう》がリビングに降りてくると、いきなり背中に柔らかな感触が押しつけられる。

「なんだよぅ……そんな声出すことないでしょ？」

朝っぱらからやかましく抱きついてきた張本人——姉の清水《しみず》地歩《ちほ》は口を尖らせた。

しかしすぐ笑顔になると、さらに強く抱きついてくる。

「お姉ちゃんの朝の挨拶くらい笑顔で受け止めなさい♪」

「いや、でも……」

明るい色のポニーテールを元気に揺らしながら、冥星学園《めいせいがくえん》の制服に包まれたフワフワとした大きな膨らみが大きく形を変え、太陽の股間もムクムクし始める。

「ちょっと地歩。太陽くん困ってるでしょ？」

そんな二人に隣のキッチンで朝食をつくっていたもう一人の姉——清水空《しみずそら》が声をかけた。

普段着にエプロン姿で、落ち着いた色のナチュラルボブに四つ葉のクローバーの髪飾りが、温かくて家庭的な優しい雰囲気を感じさせる。

「太陽、嫌なの？」

「嫌じゃないけど……その、少し寝違えたみたいで……」

「え⁉　ご、ごめんね太陽！　大丈夫？」

慌てて地歩は飛び退《との》き、太陽は内心胸を撫で下ろす。

しかしすぐに心配そうな顔でオロオロする地歩を見て、太陽は胸が痛んだ。

「首に力がかからなかったら大丈夫だよ。それより……心配させてごめん」

「ううん。こっちこそ急にごめんね」

太陽を上目遣いで見ながら、地歩は体をもじもじさせる。

「地歩。優しくなら大丈夫だよ、抱きついても」

「……ホント？　大丈夫、太陽？」

「空姉の言うように優しくなら……」

「やった♪　じゃあ、もう一回……たーいようっ♪」

今度は真正面から抱きしめられ、おっぱいの感触と甘い匂いに再び股間が熱くなる。

「今日もちゃんと起きて偉いね、太陽♪　もうすぐ、あたしの後輩になるんだもんね。ビシッとしないとだよね」

「そ、そうだね……でも、こんな俺で大丈夫かな？」

「安心して♪　もし春休みの間みたいに気の抜けた生活してたら、お姉ちゃんがいっぱい可愛がってあげるから。こうして……わしゃわしゃ～♪」

　密着したまま地歩が太陽の頭を撫で回す。

「うぅ……確かにこんな可愛がられ方、学園でされたら困るかな」

「じゃあ、頑張ってシャキッと生活しないとね♪」

「まぁ、ほどほどに……」

「ほどほどじゃなくて全力でね♪」

「いや、陰キャの俺には無理だから……それより、ちー姉は今日も部活？」

「うん。春休みでも部活の練習はみっちりやるからね。だから、こうして弟パワーをしっかり補充しておかないと♪」

　すると、そんな地歩に呆れた視線を向けながら三人目の姉——清水沙月《しみずさつき》がやってきた。

「まったく、朝から非科学的なことを言ってるわね、地歩。あと、太陽も無理して付き合わなくていいのよ？　毎朝そんなことされて面倒でしょう？」

　艶やかなロングの黒髪を背中で揺らしながら、理知的な瞳が太陽を見つめる。

「いや、面倒ってことは……」

「そーだ、そーだー。面倒なんて思ってないぞー」

「地歩には聞いてないの。そんなに元気があり余ってるなら、学園に行く前にそこらでも走ってきたら？　練習にもなって一石二鳥でしょ？」

「わかってないなー、沙月は。練習は効率を考えて時間内できっちりやるものなの。むやみに練習してもケガする確率が増えるだけなんだから」

「そう。私は走ったりしないから知ったことじゃないけど」

「まーた、今度の体育祭も生徒会特権で走らないつもり？」

「う、うるさいわね。苦手なことを自分の能力でカバーしてるんだからいいじゃない」

「今年は太陽もいるんだよ？」

「うっ、そうだったわね」

沙月の窺うような視線に太陽は頬をかきながら口を開く。

「生徒会長だからって体育祭の競技に参加しないのは……どうかと思う、かな」

「そう……なのね」

「ほらぁ、あたしの言ったとおりでしょ♪　わかったら、あたしと一緒に体鍛えよ♪」

「今年の体育祭には参加するけど地歩に教わるのだけはイヤ」

「なんでよーっ！」

「地歩は感覚派すぎて説明の意味がわからないことが多いのよ。さっきの効率云々だって、どうせ教師の受け売りでしょ？」

「よくわかったね！　その通りだけど！」

「よく、そんなんで陸上部主将なんてやってられるわね」

「なにをー！」

太陽をよそに沙月と地歩が言い合いを始める。

地歩から解放された太陽はほっとしながら、いつものじゃれ合いを眺めていた。

「はーい、二人ともそこまで。朝ご飯できたから食べちゃって。沙月も地歩も早くしないと朝ご飯食べる時間なくなっちゃうよ？」

空の声にピタリと口喧嘩が止まる。

「そうね。このあたりにしておきましょうか」

「はーい。今日も朝ご飯ありがとう、空」

さっきまでの喧騒はどこへやら、二人は何ごともなかったように食卓へ向かった。

「ほら、太陽くんもこっちに来て」

「うん」

長女で生徒会長の沙月。次女で陸上部主将の地歩。三女で家事全般をこなす空。そして、そんな三つ子の姉を持つ義弟の太陽。

清水家の四姉弟は、騒がしくも楽しい毎日を送っていた。

「この時間なら電車も割と空いてるから、登校は基本的にこの時間ね」

◇

入学式へ向かう電車の中。

太陽は空と一緒に学園へと向かっていた。

「太陽くん、心配しなくても大丈夫だよ」

急に手を握られ、太陽の心臓が飛び跳ねる。

「そ、空姉⁉」

柔らかくて自分より少し小さな手のひらが、固く強ばった手を優しく包む。

「ちょっと女の子が多いけど、いい学園だし何かあっても一年間はお姉ちゃんたちもいるんだから。そんなに緊張しないで」

緊張するなと言われても、女の子の感触が気になりすぎて落ち着かない。

「そ、空姉……手、放してくれる？　子供じゃないんだから大丈夫だよ」

「あ……ふふ♪　そうだね。じゃあ、おしまい」

なんとか声を搾り出した太陽に、空は優しい笑みを浮かべて手を放した。

◇

「次は生徒会長からの挨拶です。生徒会長、清水沙月さん、お願いします」

入学式も終盤にさしかかり、生徒会長の沙月が壇上へと上がる。

「──『生徒の悩みに寄り添う』それが私の掲げた公約です。新入生の皆さんも、悩みがあれば相談してください。もちろん秘密は守ります──」

凜とした姿に男女問わず『格好いい』『綺麗』といった言葉が聞こえてくる。

「少し堅苦しくなってしまったわね。私からの挨拶はこれくらいにしておきましょう。では、最後に改めて──入学おめでとう！」

壇上を降りる沙月に惜しみない拍手が送られる。

それに軽く手を振って応える姉を、太陽は尊敬の眼差《まなざ》しで見つめていた。

そして壇上に誰もいなくなると次に表彰式が始まり、

「陸上部三年。代表、清水地歩」

今度は地歩が団体での優秀な成績を表彰される。

「みんなー！　やったよー！」

満面の笑みでトロフィーを掲げる地歩に陸上部から歓声が上がる。

(月姉も、ちー姉もすごいな……)

身内として少し気恥ずかしくも、立派な二人の姉を太陽は誇らしく思っていた。

第一章　悩みの種

●正しい性癖

「いっちにー、さん、しー」

入学式も終わり、太陽は帰宅して家族団らんの時間を過ごしていた。

リビングのソファーに腰掛けテレビを見ている太陽の横では、風呂上がりの地歩がストレッチをしている。

(だめだ。全然テレビの内容が頭に入ってこない)

くつろげるはずの家で、太陽はなぜか入学式より緊張していた。

顔はテレビを向いているのに、視線は体をほぐす地歩の動きを勝手に追ってしまう。

(なんで下着なんだよ！)

すらりと伸びた健康そうな手足に、くびれのあるウエストが惜しげもなく晒され、その上、白地に青い花柄のあしらわれたブラとパンティに包まれたボリュームのある胸とお尻が目の前で上下左右に揺れている。

「ごくっ……」

むにゅん、ぷるんと形を変えるふたつの膨らみ、ぷるぷると震える丸いお尻、そして胸の谷間や開いた脚の奥へと否が応でも視線が吸い込まれていく。

「ん？　太陽もやる？」

「えっ⁉　な、何？」

「だーかーら、ストレッチ。気持ちいいよ？」

「お、俺はいいよ」

見ているのがバレたのかと一瞬、心臓が止まりそうになる。

「そう？　あたしが手取り足取り教えてあげるよ？」

「余計にやらないって！」

想像しただけでドキドキして股間が反応しそうになる。

「え～。気持ちいいのになぁ」

「地歩。太陽のことを、あなたと同じ脳筋の道に引き込まないでくれる？」

するとそこへ、地歩のあとでお風呂に入っていた沙月がやって来た。

「うっ！」

沙月のほうを見てみれば、なんと彼女も下着姿だった。

風呂上がりで火照った沙月の肌が、黒い下着で余計に艶《なま》めかしく見えてしまう。

「学園生になったんだから太陽も、もっと体を鍛えるべきだと思うんだよね。あたしは」

「勉強は充分にできているのだから問題ないでしょう？　もし、ついていけなくなっても私が教えてあげるし」

二人の姉が何か言っているが、頭の中は白と黒の下着でいっぱいだった。

「スポーツできたほうが絶対モテるって♪」

「モテなくていいわよ、べつに。そんなことより、ちょっといいかしら太陽？」

「えっ？　な、なに？　月姉」

突然、沙月が隣に腰掛けてきて思わず体が強ばる。

同じシャンプーを使っているはずなのに、黒髪からいい匂いが漂ってくる。

柔らかな肩が触れ、ふわふわおっぱいが二の腕に当たりそうになる。

「さっきからどうしたの？　変な顔してるわよ？」

「そ、そう？　気のせいじゃないかな」

「もし学園で困ったことがあったのなら、すぐに相談するのよ？　私の権力で、なんでも解決してあげるから」

「なんでもって……生徒会長にそんな権力ないでしょ？」

「さて、それはどうかしら？」

意味深な笑みを浮かべる姉に入学式でのことを思い出し、もしかしたらと思ってしまう。

「それよりも……改めて入学おめでとう、太陽」

「う、うん。ありがとう、月姉」

「それで明日、あなたの入学祝いに夕食でも食べに出かけようと思うのだけど、どうかしら？　もちろん空の許可はもらってあるわ」

沙月がキッチンを見ると、明日の朝食の準備をしていた空がニッコリ頷く。

「できれば母さんたちも一緒がよかったのだけれど……」

「仕方ないよ、月姉。二人ともずっと仕事で海外を飛び回ってるし、ちゃんと帰れるのは数年後って前に言ってたよ」

「そうそう。それに太陽には、あたしがいるもんね♪」

沙月とは反対側に地歩も座ると、太陽の頭を抱えるように抱きしめてくる。

「ちょっ⁉　ちー姉⁉」

下着越しでも柔らかくて温かな感触が、むにゅむにゅと顔に押しつけられる。

「こら、地歩！　太陽が嫌がってるじゃない。太陽には私がいれば充分なのよ！」

「そうかなぁ？　家事をやってるのも家計を預かってるのも空だよね？」

「それを言ったら地歩だって同じじゃない。いいから離れなさいよ！　地歩は太陽にベタベタしすぎなのよっ！」

沙月は太陽の腕を抱きしめると自分の近くへ引き寄せる。

「えー、いいじゃん。姉弟なんだからスキンシップは大事でしょ？」

するとと逆の腕を地歩が抱きしめ、自分のほうへと引き戻す。

「うわっ！　ちょっとっ……空姉っ、ちー姉っ！」

二人の姉に抱きつかれ、両腕を四つのおっぱいが挟み込む。

引き寄せられるたび乳房は大きく形を変えて、その感触に太陽の顔が熱くなる。

「沙月だって太陽のこと、ぎゅーってするの好きなくせに♪　あっ！　もしかして今も、あたしのこと抱きつく口実にしたんじゃない？」

「違うわよ！　こ、これは太陽を地歩から解放するために仕方なくよ！」

「ほんとかなぁ？　そういうこと言われると、もっと抱きつきたくなっちゃうなぁ～♪」

ますます二人は強く抱きつき、引っ張られるたび腕がおっぱいでむにゅむにゅされる。

下着のくすぐったい感触と柔肌の温もり、それにお風呂上がりの甘くていい姉の匂いに、ダメだとわかっていても下半身へと血流が集まっていく。

そして、一度始まった生理現象は意思とは関係なく息子をムクムク成長させ、

「――俺っ！　風呂に入ってくるッ！」

ついに隠しきれないほど立派になった股間を隠して太陽は立ち上がると、呆然とする姉たちを残して煩悩を振り払うように急ぎ風呂場へ向かった。

◇

「どうしたのかしら太陽……急に、あんな大声を出して」

「沙月が腕を強く引っ張ったからじゃない？」

「地歩と違って私は太陽が痛がるほど強くしてないわよ」

太陽がいなくなったリビングで、姉二人は下着姿のまま困惑していた。

「どうしたの？　なんだか太陽くん、すごい速さでお風呂に向かったみたいだけど……」

するとそこへ、キッチンから空が何事かとやって来る。

「空、聞いてよ。沙月が明日の夕食に誘ったら太陽の機嫌が悪くなっちゃったんだよ」

「待ちなさいよ。それだと私が悪いみたいでしょ？　太陽が機嫌悪くなったのは、地歩が強く抱きついてからよ」

「そんなことないよー。あたしが抱きつくのなんて、いつものことでしょ？」

二人の話に空は小首をかしげる。

「うーん。でも最近、地歩が抱きつくのも太陽くんは避けようとしてるよね？」

「ほら！　あんまりベタベタするから、きっと地歩が嫌になったのよ」

「えー、そうかなぁ？」

得意気に言う沙月に地歩が不満そうな顔をする。

しかし空は、深刻そうな顔で話を続けた。

「もしかするとだけど、問題はそう簡単じゃないかも？」

「？　と言うと？」

「なんだか真面目な雰囲気だね」

空の言葉に沙月と地歩が耳を傾ける。

「うん。最初は単純に太陽くんも年頃だし、お姉ちゃんたちと一緒なのが恥ずかしいのかなって思ったんだけど、それにしては距離を取りすぎでしょ？」

「そう言われれば、確かに……この間、新しい服を見て欲しくて部屋に行ったら簡単な感想をくれただけで、すぐに追い出されたわ」

「それ、あたしもある！　太陽の部屋でくつろごうとしたら太陽が出ていっちゃって……昔は一緒にくつろいでたのに……」

「でしょ？　もしかしてだけど太陽くん、お姉ちゃん離れしようとしているのかも」

「お、お姉ちゃん離れ⁉」

地歩が驚きに目を丸くする。

「そ、そんな……太陽が私から離れようと……自分から⁉」

まるで地獄にでも突き落とされたかのように、沙月はその場にへたり込んだ。

「いつか来ることだとは思ってたけどね。実際に来ると……なんだかすごく寂しいね」

空も堪えるように胸の前で手を組んで悲しそうに瞳を閉じる。

三人の姉たちは黙り込み、リビングに静寂が訪れた。

しかしそれも束の間、沙月は顔を上げると拳を握って立ち上がる。

「いえ。まだ……まだよ！　太陽が完全にお姉ちゃん離れする前なら、まだ間に合うわ！　むしろ迷っているからこそ、あんなふうに私たちを避けようとしてるのよ！」

瞳に炎を宿して言ったかと思うと次の瞬間、その炎の色が闇に染まる。

「第一、姉離れなんてよくないわ。家族は仲よくすべきだし姉と弟は一生一緒にいてもいいくらいよ。太陽の生活にはお姉ちゃんの存在が必要不可欠。そう……これからだって、いつまでだって、ずっとずっと……うふふ」

沙月の静かな決意に空と地歩も頷き合う。

「けど……沙月、具体的にはどうするの？」

「無理矢理っていうのはダメそうだもんね」

「空。まだ太陽はお風呂に入っているわよね？」

「うん。上がった様子はないけど……」

「それなら任せておいて。私にひとつ、いい考えがあるわ」

自信満々に胸を張ると、沙月は太陽の部屋へと向かった。

◇

「NTR……人妻……ハーレム……褐色……巨乳……ギャル……男の娘《おとこのこ》……妹……」

風呂から自室に戻ってきた太陽は、ＰＣを起ち上げると夜のおかずを物色していた。

ぐつぐつと煮えたぎった衝動は、もはや一発抜かないことには治まりがつかない。

「うーん……何か違う」

有名なエロサイトで人気作品をジャンル別に探すが、パンツも脱いで準備万端の息子は一向に反応してくれない。

そんななか、『姉』というワードが視界に入った途端、ドクンと心臓が高鳴った。

指先が震え、マウスポインタが作品ページのリンクへと向かっていく。

（だ、ダメだ俺！　俺は……俺は……姉離れ……するんだ！）

「そこまでよ！」

己の欲望になんとか耐えきった瞬間、部屋の扉が勢いよく開いた。

「……へ？」

「悪いけど、あなたがパソコンで検索していたところは見させてもらったわ」

入り口に立っていたのは沙月だった。

「わっ、わぁっ⁉　月姉っ⁉　なんで入ってくるんだよ！」

慌ててパソコンの画面を隠すが、沙月は気にせず近づいてくる。

「アブノーマルな性癖ばかりを見ていたようだったけど、どれかひとつを重点的にというわけではないみたいね。よかったわ」

「よくないよ！　なんで、そんなことがわかるんだよ！」

「それはね……私が、そのパソコンにバックドアをしかけておいたからよ」

「はぁっ⁉　バックドアって……でも、俺のパソコンにはパスワードが……」

「お姉ちゃんに、そんなものが通用すると思うの？」

仁王立ちで見下ろされ、あまりの説得力に言葉が出てこなくなる。

「とにかく、まだ太陽がアブノーマルな性癖にハマっていないなら問題ないわ」

ヘビに睨まれたカエル状態の太陽に、沙月がにじり寄っていく。

そして天を衝くようにそそり立つペニスの前に膝をつくと、

「私が、正しい性癖を持てるように導いてあげるわ♪」

微笑みを浮かべたまま、いきなりペニスを咥え込んだ。

「あっ、あぁッ⁉　つ、月姉っ……いったいっ、なにしてっ……！」

「ふふ♪　正しい性癖を持てるようにって言ったでしょう？」

亀頭に姉の体温が直接伝わって、その意外な熱さに腰が震える。

「やっ、んんっ！　じっとしてなさい。私だって初めてなんだから……たしか最初は……唇で扱《しご》くらったかしら？　んじゅるるっ、じゅるじゅぽっ……」

さらに頭を上下に動かされ、唇で肉棒全体を扱かれる。

「正しい性癖って言うのはぁ……ぢゅぽっ、ぢゅるっ……私みたいに綺麗な女性に興奮を覚えて……エッチしたいって思うことよっ……それを今から教えてあげる♪」

「でも月姉はっ……姉ちゃんっ、じゃないかっ……」

　ダメだと思っていてもペニスを包む気持ちよさに上手く力が入らない。

「あら、私知っているのよ？　太陽が私の体に劣情を抱いていたこと」

「嘘だっ……そんなのっ……！」

　隠していたはずの気持ちがバレていたことに鼓動が一気に速くなる。

「嘘じゃないわ。それに恥じる必要もないのよ。私みたいな魅力的な女性に欲情することは正しいことなんだから……んぢゅるるっ、れろぉっ♪」

「でもっ……やっぱり姉弟でなんておかしいよっ……！」

「血は繋がってないし問題ないれしょう？　むしろ魅力的な面を長く見てきたのだから欲情して当然よね。んちゅっ、れるっ、れろれろっ……」

押し寄せる快感と問題ないという言葉に一瞬、太陽の心がぐらつく。

(こんな状況っ……普通だったら萎えるはずっ……なのにっ……！)

姉の唾液まみれになったペニスが、何度も何度も姉の口へと入っていく。

「大事な弟が変な性癖へ道を踏み外すのは見過ごせないもの。だから、お姉ちゃんが……綺麗な姉に欲情する正しい性癖に、ちゃんと修正してあげる♪　んりゅちゅっ……ちゅぽっ、ちゅぽっ……意外とフェラって、難しいのね……」

初めてのフェラに苦戦しながら、それでも弟を気持ちよくさせようと唇を陰茎に密着させたり舌を小刻みに動かして太陽を刺激していく。

強烈な快感はないものの温泉のような心地好さに、思わず太陽の口から声が漏れる。

「ううっ、ぁ……はぁぁっ……」

「んふっ♪　だらひない顔……んりゅ、ちゅろぉ……そんなに、いいのぉ？　お姉ちゃんのおくひぃ……んっ……りゅっちゅっ……ちゅるれりゅっ……」

「本当にダメっ……だってっ！」

「腰が引けてるわよ？　気持ひよくなりたいならぁ……んぢゅれるっ……もっと男らしくオチンポ突き出しなさい。お姉ちゃんを精液で汚したいって考えたことあるんでしょう？」

逃がさないとばかりに唇がきゅっと強くカリを締めつけ、敏感な部分をしつこく扱かれ思わず射精しそうになってしまう。

「そんなっ……月姉を汚すなんてっ……！」

なんとか歯を食いしばって耐えるものの姉の口淫は止まらない。

「いいのよ。これは正しい性癖だからっ……ぢゅぽぢゅぽっ、ぢゅるるるっ……お姉ちゃんにすべて吐き出してしまいなさいっ……」

綺麗な口に弟の血管の浮き出た陰茎を咥えたまま、姉が淫靡《いんび》な水音を響かせる。

「この裏筋も感じるのよね？　れろれろっ、れろぉおおっ……んぢゅるるっ……どんどん我慢汁も出てきて……あぁ……精液は、もっとどろどろで濃い匂いなんでしょうね♪」

ペニスに伝わる姉の体温と感触、卑猥に歪む綺麗な唇、普段の凛とした声の代わりに聞こえてくる淫らな響き。

それらすべてが下半身だけでなく、脳みそまでもとろけさせる。

「んんっ……じゅぷっ……っふぅ……あご、疲れてきちゃった……太陽のオチンポ、おっきくて……ぢゅるっ、りゅぢゅっ……こんな立派に……なってたなんて……♪」

姉が自分を男として褒めてくれる。

姉弟でそんなのおかしいはずなのに、どこか誇らしくて胸の奥が熱くなる。

「んぅっ♪　今、オチンポが震えたわ……ちゅ、ぢゅろっ……褒められて、うれひくなっちゃった？　こんなに立派で……可愛いところもあってぇ……ホント、最高の弟よ♪　んむぢゅっ、ぢゅずるぅうううっ♪」

「くぅうっ！　月姉の口がっ……吸いついてっ……!?」

コツを掴んできたのか口をすぼめて陰茎を唇で扱き、同時に舌先でカリ首をなぞるように舐め回してくる。

さっきまで温泉だった口内が、あっという間にマグマの荒海に変化する。

「うぐっ……あぁッ！　こんなの出ちゃう……ッ！」

「いいわよっ……そのまま出してっ♪　私に興奮するのは間違いじゃないからっ……これは正しいことだからっ……だから我慢しないでぶちまけなさいっ……私のお口にっ……ぢゅぷぢゅぽぢゅぽぢゅぽっ！　ぢゅるるるぅうううっ！」

カリを唇で激しく弾かれ、裏筋に舌を押しつけたまま上下に強く扱かれる。

さらに鈴口を舌先でほじくられ、全神経がその一点へと集中する。

「もっ、もうっ……んんーーーーーッ！！！」

姉の容赦ない口淫の前に弟は為《な》す術《すべ》なく、頭が一瞬で真っ白になる。

「月姉ッ……月ッ……姉ぇえええッ！！！！」

助けを求めるように姉の名を呼び、太陽は一気に沙月の口へと射精した。

「んんぅうっ!?　んっぐ、ぢゅるごくっ……喉にからんで、すっごく濃いわぁ♪　これが弟の味なのね。しっかり覚えておかないと……ぢゅる、ぢゅぢゅるぅううううっ♪」

鈴口を舌先でほじくりながら、尿道に残った精液を一滴残らず吸い出していく。

「んくっ、はぁ……どう？　あなたの濃いの全部飲んじゃったわ。んぁ〜っ♪」

すべてを飲み干したことを証明するように沙月は口を開け、姉を汚した罪悪感とその嬉しそうな仕草のギャップにペニスが再び硬くなる。

しかし逆に足腰からは、穴の空いた風船のように力がどんどん抜けていく。

「あらら……さすがに疲れちゃったのね。いいわ。続きは、また今度にしましょう。これからも太陽が正しい性癖を持てるように、たっぷり指導してあげるから♪　そのときまで、いっぱい精液を溜めておくといいわ。でも、これは二人だけの秘密よ？」

「う、うん……」

「後片付けはしておいてあげるから、しばらく眠ってなさい。お疲れさま。太陽♪」

優しい姉の声を最後に、太陽の意識は遠のいていった。

●我慢できない

「登校……拒否？」

空から聞かされた言葉に、沙月は信じられないという顔をしていた。

早朝のリビングで、三姉妹が何もないテーブルを囲んでいる。

「ウソ……太陽が？」

地歩も驚き、心配そうに太陽の部屋があるほうを見る。

「うん……実は今日で三日目なの。さすがにマズいかなって思って……」

一呼吸置いて、空は沙月に視線を向ける。

「原因は、なんとなくわかってるの。沙月、太陽くんと何かしたんでしょ？　明らかに沙月との雰囲気がおかしかったし」

「言いがかりよ。確かに太陽とはひとつ秘密を共有したけれど……ただ、それだけよ？」

気まずそうに目を逸らす沙月に、空は早くも奥の手を出す。

「今月のお小遣い、沙月のぶん減らしてもいいんだよ？」

「くっ……家計を握っているからって、お金を盾に取るなんて」

「本当に困ってるからね。このまま太陽くんが、ずっと登校できないなんてことになったら太陽くんの成長によくないよ」

「あのさ、あたしが今から引っ張り出してこよっか？」

椅子から腰を浮かせて地歩が口を開くが、すぐさま空は首を振る。

「さすがにそれはダメ。かなり落ち込んでいるみたいだから、無理矢理何かするのは逆効果だと思う。だから、まずは原因を探ったほうがいいと思って……ねぇ、教えて沙月。太陽くんのためなの。沙月だって、太陽くんのためならなんでもできるでしょ？」

「それは、そうだけど……でも、この秘密だけは……」

「沙月！」

「………」

有無を言わせない空の迫力に、沙月は言葉を詰まらせる。

しかし次の瞬間、沙月は鞄を手に取ると勢いよく立ち上がる。

「これは私と太陽だけの秘密なのっ！　私だけが太陽の『特別』なんだからっ！」

「あっ！　ちょっと沙月っ⁉」

空の静止を無視して沙月が玄関へと走り去る。

玄関から扉の閉まる大きな音がしてリビングが静まり返る。

「沙月、行っちゃったね。追いかけて連れ戻そっか？」

「ううん。ああなったら沙月は口を割らないだろうし……そこまではいいかな」

眉尻を下げて苦笑を浮かべる空に、地歩は椅子に座り直して話を続ける。

「空。あたしはね……やっぱり太陽のこと、部屋から連れ出したほうがいいと思う」

「でも、無理矢理は……」

「うん、わかってる。ちゃんと説得して出すよ。今日一日かけて」

「一日って……学園は？」

「あたしはスポーツ推薦で進学するし、出席日数もこのくらいは大丈夫。だから、今日は家で太陽のこと説得してみるよ。それで上手くいったら一緒に散歩でもして……ほら、今日っていい天気だし、部屋の中にいるより気分も晴れるんじゃないかな」

いい提案でしょ？とニッコリ笑う地歩に、空の顔も自然と緩む。

「じゃあ……任せてもいい？」

「もちろん♪　あたしだって太陽のお姉ちゃんだしさ。ちゃーんと元気づけてあげるって！」

「ふふ♪　そうだね。ご飯はつくり置きしてあるから、適当に二人で食べて」

「りょうかーい。ほら、そろそろ空も行かないと遅刻しちゃうよ」

「うん。あとはお願いね」

空も鞄を手に取ると学園へと向かう。

それを見送ると地歩は気合いを入れ直し、太陽の部屋へと向かった。

◇

「空姉も学園に行ったのかな？」

玄関でした扉の音に、太陽は携帯ゲーム機の画面から顔を上げる。

窓の外には青空が広がり、春の暖かな陽気を感じさせる。

しかし太陽の心のうちは、どんよりと重い雲に覆われていた。

「はぁ……」

自分には似つかわしくない外の世界。オタクで陰キャの自分にはまぶしすぎる世界。学園に行けば少しは変わるかと思ったけど、結局、自分はダメなままだった。

それどころか姉を自分の精液で汚して……。

自分の中にある黒いドロドロとした感情から目を逸らすように、太陽は慣れ親しんだゲームの世界へ戻ろうとした。

そのとき、

「たーいようっ♪」

元気な声とともに部屋のドアが勢いよく開かれた。

「うわっ！　ち、ちー姉っ⁉」

「一緒に散歩に行こ♪」

突然現れた制服姿の地歩が手を差し出し、日差しのような笑みを浮かべる。

「散歩って……ちー姉、学園は？」

「休んじゃった♪」

てへ、とわざとらしく舌を出して見せる姉に太陽はますます混乱する。

「え？　なんで……」

「そりゃ、大切な弟が引きこもってるっていうんだから、一日くらい休んでもいいかってなるよ。幸い、あたしはスポーツ推薦狙ってるから多少授業休んでも問題ないしね」

「そんな……俺なんかのためにダメだって。それに今、散歩に行くような気分じゃないんだ。だから、ちー姉は学園にちゃんと行ってよ」

「無断欠席してる本人がそれ言う？」

「それは……ごもっともなんだけど、でもさ……」

「なに悩んでるか知らないけど、ずっとこもってると余計に気分が滅入《めい》るでしょ？　心配かけてるって自覚があるなら、そのお詫びにさ、ちょっと付き合ってよ。お願い」

頼んでいるのか強制しているのかわからないお願いに、太陽は溜め息を吐く。

「わかったよ……じゃあ、ちょっとだけ」

「やった♪　それじゃ、着替えて公園に集合ね」

飛び跳ねるように地歩が喜び、早速部屋を出ていこうとする。

「あ、もちろん服装はジャージだぞー。私服じゃダメだからねー」

「はいはい。わかったよ」

そして扉が閉まると足音が軽快に遠ざかっていく。

静かになった部屋で再び一人になった太陽は地歩が出ていった扉を見つめ、姉のお尻に目が行ってしまっていたことに、もう一度深い溜め息を吐いた。

「ぜぇ、はぁ……さすが……現役の……県内屈指の……ランナー……だ……」

◇

公園のランニングコースで地歩を追いかけながら、太陽は自分の甘さを後悔していた。

あの体育会系の姉が、散歩などというのんびりお気楽なものをするはずがなかった。

しかし後悔先に立たず。まともに考える気力などなかった太陽は、言われるままに着替えると公園へとやって来て、地歩を見るなり言葉を失った。

そこには上下の分かれた下着同然のランニングウェアを着た姉が立っていた。

健康そうな肌は惜しげもなく太陽の下にさらされ、ウェアの内側から弾け出そうなバストとむちむちヒップの神々《こうごう》しさに思わず太陽は前屈みになりそうだった。

(それでも走れば、気が紛れるはずだと思っていたのに……)

まったく余裕のなくなった太陽の目は今、地歩のお尻を追いかけていた。

「太陽、だらしないぞー。ほら、もう少し頑張って♪」

すると地歩がペースを落として併走し始める。

目の前で、たわわな実りが上下に揺れて否が応でもオスの本能が揺さぶられる。

このままはマズいとペースを上げようとした瞬間、

「はうっ⁉」

半勃ちだった陰茎がパンツに擦れ、あっという間にフル勃起する。

「ねぇ、大丈夫？　ちょっとハイペースだったかな？」

「い、いや……そういう、わけじゃ……ない……んだけど」

完全に勃起したペニスは少し動いただけでもパンツに擦れて、そのたびやってくる甘い痺れにまともに立っていられない。

「んん～～？　なんで、そんなに前屈みに……あっ！」

訝《いぶか》しむ地歩の視線は、あっけなく太陽の股間を捉える。

（お、終わった……）

絶望に太陽の足は止まり、崩れるようにしゃがみ込む。

どんな軽蔑の言葉を浴びせられるのか想像するだけで顔が上げられなくなる。

「なーんだ、もうっ♪　元気じゃん。そんなにしちゃってさ」

しかし、やって来たのは姉の明るい声と、

「エッチだったんだよね♪　お姉ちゃんの格好が」

しゃがみ込んで目線を合わせる地歩の顔は、普段と変わらない笑顔だった。

「ご、ごめん……」

「あはは♪　いいのいいの。陸上競技のウェアって露出多いもんね。友達もよく言ってるよー。男子がすっごいエッチな目してるんだーって」

「…………」

肯定も否定もできず黙り込んでいると地歩は真面目な声で話を続ける。

「ねぇ、これは勘なんだけどさ。沙月と太陽……エッチなことしちゃったんじゃない？」

「――ッ!?」

「あははっ！　顔に出すぎ。そっかぁ。それで沙月ってば、あんな態度だったんだ。弟が自分にエッチな目を向けてくれる。『特別』って、そういう意味だったんだね」

「本当にごめん……俺、姉弟なのに……姉ちゃんのことエッチな目で……」

心底落ち込む弟に、地歩は困ったような愛おしいような表情を浮かべる。

「もー、しょうがないなぁ♪　そういう真面目なところも好きだけど……えいっ♪」

そして太陽の顔を思いっきり抱きしめた。

「むぐぐ……ちょ、ちょっと……ちー姉……？」

あったかくて柔らかくて、そして果物のような甘い香り。

驚いて離れようと思ったものの、すぐにそんな考えは消えてしまう。

「おっぱい、気持ちいいでしょ？　いいんだよ、エッチな気分になっちゃっても。ほら、太陽はどうしたい？　お姉ちゃんの体で、どんなことしたい？」

ぐいぐいと顔面におっぱいを押しつけられ、甘い言葉を囁かれ、太陽の手が自然と大きな温もりへと伸びていく。

「んんっ……あはっ♪　おっぱい揉みたいんだ？　じゃあ、人に見えないところに行こ？

あたしの体、いっぱい好きにしていいからね。ほら、こっち」

誘われるままに茂みへ向かい人気《ひとけ》のないところで地歩が足を止めると、太陽は我慢できずに後ろから抱きついた。

「あんっ♪　股の間に熱いのが擦れちゃってる」

太陽は勃起したペニスを取り出すと、地歩のむっちりした太ももの間へ突き入れる。

「へぇ、これが太陽のなんだぁ。雑誌とかで見るより意外とおっきいかも♪」

「ちー姉も、そういうの見るんだ」

「そりゃ見るよ。あたしだって、そういうことに興味ないわけじゃないし。お姉ちゃんがエッチなことに興味あるって知ってゲンメツしちゃった？」

「ううん。なんだか……すごく興奮する」

姉の女としての一面を知って、今抱きしめている体が姉だけど女なのだと意識する。

「んぅ♪　あたしも女の子だってわかって興奮しちゃったんだ？」

自分の股の間で大きくなったペニスを太ももで締めながら、地歩が嬉しそうに微笑む。

「なんか嬉しい♪　いいよ。あたしのこと、ちゃんと女の子として見て。お姉ちゃんの体、い〜っぱい好きにしちゃっていいよ♪」

「ち、ちー姉っ！」

「やぁあんっ♪　おっぱい掴んだぁ♪」

下からすくい上げるようにウェアを脱がして地歩の胸を直接鷲掴みにする。

今まで何度も抱きつかれては当てられていた地歩の胸。

それを自分の手で、自分の意思で掴んでいる実感。

手のひらに収まりきらないボリュームと張りがあるのに柔らかくて少し汗ばんだ肌が、いっぱい感じてというように指に絡みついてくる。

「はぁ、はぁ……すごいっ……ちー姉のおっぱい、すごいよっ！」

「んんっ♪　もー、夢中になっちゃってぇ。息が当たってくすぐったいよぉ♪」

「だ、だって……っ！」

指に力を入れると沈み込むほど柔らかいのに力を抜くと弾力があって、軽く揺らすと可愛らしくぷるぷる震えて手を動かさずにはいられない。

「ん、ふっ……やぁ……手つき、だんだんエッチになってきてるよぉ……あたしのおっぱい、そんなにこねくり回してぇ……おっぱい、熱くなってきちゃうよぉ♪」

「ちー姉……気持ちいいの？」

姉が漏らした吐息混じりの甘い声に鼓動が勝手に速くなる。

「どー思う？　あたし、弟の手で感じちゃってると思う？」

童貞の自分に、そんなのわかるはずがない。

でも、そう言われると自分の手で感じて欲しくなってしまう。

「んっ、ふぁっ……あぁぁ♪　手つき……すっごくエッチになったぁ♪　お姉ちゃんのこと、エッチな気分にさせたいんだぁ……太陽のエッチぃ♪」

もっと自分で感じて欲しい。自分の手で、もっと女の部分を暴きたい。

一度火の点《つ》いた衝動は太陽を大胆にさせるが、具体的な方法がわからず手はひたすら地歩の胸を揉み続ける。

「ねぇ……もっと気持ちいいとこ触ってよ？」

「え？　気持ちいいとこ？」

「もう。焦らしてるのかと思ってたのに……そういうところ可愛いなぁ♪」

「うぅ……慣れてないんだから仕方ないだろ」

急に姉目線で言われて顔から火が出そうになる。

「そうだよね。大丈夫、お姉ちゃんが教えてあげる♪」

艶やかな唇から囁くように甘い声が聞こえ、地歩が胸を手に押しつけてくる。

「先っぽだよ♪　おっぱいの先っぽに一番敏感なところがあるでしょ？　そこを優しく触ってよ。そしたらお姉ちゃん、もっとキミの手で感じちゃうから♪」

もっと自分で感じてくれる。

それを想像しただけでペニスが大きくビクンと跳ねる。

「んぅっ♪　手より先にチンポが動いちゃってるしぃ……早く先っぽ触ってよぉ♪」

「う、うん……じゃあ、触るね？」

ゴクリと唾を飲み込み、乳房の先端——淡いピンク色の乳首へ指先が触れる。

「んふぅんんっ♪」

コリッとした感触を軽く押し潰した途端、姉の体がビクビク震える。

確かな反応にドキドキしながら、胸全体を揉み上げつつ同時に乳首も刺激していく。

「ふっ、んんっ……いいよぉ、上手ぅ……先っぽ熱くなってきてるぅ……弟に触られるの……んっ、くぅんっ……こんなに違うんだぁ……あったかくてっ……気持ちいいよぉ♪」

とろけるような甘い声。熱くなるお尻の感触。濃くなっていく甘酸っぱいニオイ。

自分でエッチになっていく姉に、どうしようもなく興奮が高まっていく。

すると突然、地歩が太ももでペニスを締めつけてくる。

「えいっ♪」

「うわっ⁉　ちー姉っ⁉」

「こんなに元気になっちゃってるのに、ほっとくの可哀想だよね？　お姉ちゃんが気持ちよくしてあげよっか？　このまま、ぎゅぎゅってしてして擦ればいいんでしょ？」

弾力のある太ももを擦り合わせるようにペニスが軽く扱かれて、おっぱいに注がれていた意識が一気に股間へ集中する。

「ほれほれ〜♪　して欲しいなら早く答えて？」

姉にエッチなことを頼む罪悪感が一瞬頭をよぎる。

しかし、そんなものはあっという間に太ももの間へと快感とともに吸い込まれていく。

「し、して……欲しい……」

「了解♪　んっ、んしょ……こういう感じで……どうかな？　んんっ……これ、普段使わない筋肉使って……はぁ、んくっ……トレーニングになりそう、かもっ……」

「ぐぁああっ！　ちーっ……ねぇっ！」

股布が亀頭に擦れて、汗ばんだ太ももが竿全体を締めつける。

さらに柔らかくて熱い地歩の大事な部分がカリと何度も擦れ合う。

強烈な刺激とお互いの大事な部分を擦り合っている現実に、思わず手に力が入る。

「ひゃんっ!?　んん〜〜〜〜っ♪　いきなり

おっぱいっ、強くしてぇ……そんなにっ……あぁあんっ♪　気持ちいいんだ？　オチンポ、すっごくガチガチだもんね♪　じゃあ、このままオチンポイカせてあげるっ♪　ほれほれっ♪　ほれ～っ♪」

「ああああッ！　んぐぅんんっ！」

むちむちの太ももで圧迫しながら腰をくねらせ、ぷりぷりのお尻を前後に振って股布でペニスを激しく扱いてくる。

あっという間に追い詰められて、それでも太陽は負けじと乳首をつまんで反撃する。

「ちー姉もッ……一緒に……ッ！」

「ああっ、いいっ♪　嬉しいっ♪　じゃあ、一緒に気持ちよくなろっ♪」

地歩が楽しそうにペニスを扱き、太陽も夢中で胸と乳首をこね回す。

「ああっ♪　どんどんオチンポからお汁が出てくるっ♪　これ、精液じゃないよね？　ぬるぬるでエッチなニオイで……はぁぁ♪　入り口に擦りつけちゃおっ♪」

「ああッ！　ちー姉ッ……そんなのッ……！」

鈴口に股布が押しつけられて、その奥の大事な部分に我慢汁が染みていく。

亀頭に感じるペニスを受け入れるための穴の感触。その柔らかさと熱さに腰が震える。

「あ、あんっ♪　これ、すっごいエッチだよね？　ぬるぬるが染み込んできて……くちゅ、くちゅって音がしてるぅ♪　あたしのオマンコの入り口っ……弟チンポでツンツンされてるっ♪　んんっ、やぁっ♪　あたしも興奮してきてっ……もうヤバいかもっ……」

太ももをきゅっと閉じて入り口に亀頭を押し当て、地歩の膝がガクガク震える。

「ちー姉っ……俺もっ……もうッ……！」

太陽も勝手に腰が動きだして、射精に向けて亀頭を激しく扱き始める。

「うん♪　うん♪　いいよっ……きてぇっ♪　そのまま突いて擦ってっ……はぁあんっ♪　ああっ♪　いいっ♪　こんなのっ、我慢できないよぉおおおっ！」

地歩がここに出してと言わんばかりに、布越しに割れ目を何度も押しつける。

鈴口がジンジン痺れて、腰の奥から熱い衝動が尿道を震わせながら駆け上がる。

「イッ……クぅうううううッ‼」

射精の瞬間、太陽はひときわ強く亀頭で秘裂を擦り上げる。

「あぁあんっ♪　あたしもっ……ああっ、だめっ……んんん～～～～～～～～っ♪」

地歩の太ももがきつく締まり、その中で太陽は射精した。

「くっ……あぁ……」

噴き出した白濁が地歩の股間にびゅるびゅる当たって草や地面に飛んでいく。

「あ、あぁぁ……あたし、太陽とイッちゃったぁ……♪」

恍惚とした表情を浮かべながら、地歩の太ももから徐々に力が抜けていく。

「はぁ……いっぱい出たねー。引きこもってたから体力落ちてるかなって心配したけど、これなら……って、大丈夫？　腰、すっごくガクガクしてるよ？」

寄り掛かる太陽を背中に感じながら、その温もりに地歩が優しい笑みを浮かべる。

「き、気持ちよすぎて……」

「ねえ、太陽。またエッチな気分になったり元気がないときは、沙月だけじゃなくてあたしにも言っていいからね。いつでも、またシテあげるから♪」

地歩の温かな言葉が胸にゆっくり沁みていく。

その心地好さに太陽は姉を抱きしめながら素直に頷いていた。

●誕生日プレゼント

コンコンと部屋の扉が遠慮がちに叩かれる。

「太陽くん……お部屋、入ってもいい？」

心配そうな姉の声に、ベッドで布団を被っていた太陽は逃げるように体を丸める。

ちゃんとした弟でないといけないのに、『家族』として普通でないとダメなのに……。

沙月に続いて地歩ともエッチなことをして、太陽の自己嫌悪はますます酷くなっていた。

二人の姿を見ただけで、沙月と地歩の声を聞いただけで、淫らな情景が蘇ってしまう。

「近づかないから……一度だけでいいから部屋に入れて欲しいな。ダメ？」

「………わかった」

とは言え、登校拒否も一週間を過ぎて姉たちにも相当心配をかけている。

太陽は重い腰を上げると扉の鍵を外した。

数秒遅れて、ゆっくり扉が開くと空が恐る恐る入ってくる。

「おじゃまするね」

そして扉を静かに閉めると、その場から動かずに優しく微笑んだ。

「ふふ。久しぶりに太陽くんの部屋に入っちゃった」

その手には、ひまわり色の小ぶりなトートバッグが握られている。

「空姉……それなに？」

「ああ、これ？」

ベッドに腰掛けて太陽が聞くと空がバッグの中に手を入れ、そこから握り拳くらいの銀色の玉を取り出す。

「はい、パス！」

いきなり、それを太陽に向かって放り投げる。

「わっ⁉　わわっ！」

なんとかキャッチすると、ずっしり重いそれはアルミホイルの塊だった。

「お夜食のおにぎりだよ。本当なら、こんな時間に食べるのはよくないんだけど……太陽くん、ご飯もあんまり食べてないから今日は特別。お茶もあるからね♪」

バッグから水筒を取り出して、空がお日様のような笑みを浮かべる。

「う、うぅっ……空、ねぇ……」

それだけで締めつけられていた胸が緩んで、涙がこぼれそうになる。

「ほら、食べて？　食べないと元気出ないよ？」

普段なら食べ物を投げたりしない姉が、そんなことまでして届けてくれたおにぎり。

「……いただきます」

ほんのり温もりの残るそれを、太陽はありがたくいただいた。

そして食べ終わると、空がカップに入れたお茶を差し出してくる。

「はい、お茶」

「うん。ありがとう」

お腹も満たされ、姉が近くにいても今はそれほど気にならない。

「ねぇ、太陽くん。悩みを誰にも言わずに抱え込むのって辛いことだと思うの。だからね……私に何があったか話してみない？」

泣く子供をあやすような優しい声に、太陽はぽつりぽつりと話し始めた。

◇

「そっか。それでお姉ちゃんたちを……特に沙月と地歩を避けてたんだね」

「二人は多分、性教育の一環だとか元気づけようって思ってしてくれたんだろうけど……俺、そんな姉ちゃんたちに欲情して……そんなのいけないことなのに！」

俯いて情けない自分を叱責する弟の頭を、空は優しく撫でてあげる。

「一人でずっと頑張ってたんだね。いい子いい子」

泣くのを必死に堪えて鼻水を啜る弟に、空はティッシュを渡しながら話を続ける。

「よし。じゃあ、今日は私と一緒に寝よっか。試しに♪」

「えっ⁉　けど、俺……姉ちゃんたちに欲情しちゃう変態だよ？」

「あんまり自分の悪口言わないの。私の大好きな太陽くんの悪口言われると、お姉ちゃん悲しいよ。それに、たとえ太陽くんが変態だったとしても私たちは家族だよ。だって、血が繋がっていなくたって、今まで家族としての時間を積み重ねて来れたんだから」

「……空姉……」

「だから、今日は私と一緒に寝よ？　本当に太陽くんが変態なら、私もエッチなことされちゃうよね。けど、そうじゃなかったら太陽くんは変態じゃない。まあ、それって女の子として見てもらってないみたいで、少し沙月とか地歩が羨ましいけどね」

「そっ、そんなことないよっ！　空姉だって、すごく……」

「ふふ♪　ありがと。それでどう？　やってみる？」

太陽は迷いながらも、姉たちのためだと自分に言い聞かせ空の提案を受け入れた。

◇

翌日の朝。

「太陽っ!? 出てきてくれたの？」

「出てきたんだね！ よかったぁ！」

太陽がリビングにやって来るなり沙月と地歩が駆け寄ってくる。

「ちょっと待った！ 二人とも接触禁止！」

「ど、どうしたの？ 久しぶりに会ったんだから少しくらいいいじゃない」

「そうだよー。撫でさせてよー」

「お互いのためなんだ。俺のことを思ってくれるなら近づかないで！ お願い！」

距離を取る太陽に沙月は明らかにショックを受け、地歩は泣きそうな顔をする。

「なんでそんなこと……もしかして、私に何か落ち度でもあったというの？」

「そ、そんなー。わしゃわしゃさせてよ、太陽ぉ」

空との一夜が明け、何ごともなかったことで太陽は少し自信を取り戻し、優しい姉たちに甘えてはいけないと距離を置くことにしていた。

「朝ご飯できたよー。太陽くんも今日は学園に行くんだから、しっかり食べないとね」

「わかってる。食器並べるの手伝うよ、空姉」

そう言って太陽は、空の隣に並んで手伝い始める。

「ちょっとっ⁉　なんで空には普通に近づいてるのよ！」

「そうだよ！　ズルくないっ⁉」

「いや、空姉は特別だから」

「特別？　私じゃなくて……空が？」

「あたしだってお姉ちゃんなのにー。いっぱい元気づけたのにー」

弟からの扱いの違いに、二人の姉はガックリとその場に崩れ落ちた。

◇

空のおかげで太陽の学園生活が再開された翌日の夕方。

「それじゃあ、太陽くんの誕生日に乾杯♪」

「乾杯」

「かんぱーい！」

「ありがとう。空姉、月姉、ちー姉」

清水家では太陽の誕生日パーティーが開かれていた。

「今日はいっぱい食べてね。頑張って凝ったものつくったから。あ、でも無理はしなくて大丈夫だよ。あまったら朝ご飯とかにするから」

「ありがとう、空姉。すっごくおいしいよ」

「ふふっ♪　ありがとう」

空の手料理と姉たちからのプレゼントに囲まれ、太陽は家族団らんを楽しんでいた。

「そう言えば、母さんたちからもお祝いにって飲み物が届いてたわね」

沙月が席を立ち、ボトルを抱えて戻ってくる。

蓋を開けてグラスに注ぐと、シュワシュワと爽やかな音を奏でながらフルーティーな香りが漂い、黄金色の液体が満ちていく。

「はい。太陽」

沙月に渡され、太陽がひと口飲んでみる。

「へぇ……飲みやすいね」

「うん。甘いのにさっぱりしてる。飲んだことない飲み物かも」

空も気に入ったようで結構なペースで飲んでいく。

こうして楽しい時間はあっという間に過ぎていった。

◇

「う～……ありがとぉ、太陽く～ん……」

窓から月明かりが差し込む薄暗い空の部屋で、太陽は姉をベッドに寝かせてひと息つく。

パーティーが終わって沙月と地歩が自分の部屋に戻ったあと、片付けを終えた空は疲れたのか、そのままテーブルに突っ伏して寝始めてしまった。

「ほら、空姉。部屋に着いたよ。歯磨きしてないけど、このまま寝る？　それとも水で口をゆすぐくらいはする？」

仕方なく部屋まで連れてきたが、意外と骨が折れて自分の体力のなさを痛感する。

「んー……まだ寝ないよぉ……寝るなら太陽くんと寝るぅ♪」

太陽の服を掴んで空がくいくい引っ張ってくる。

「俺は、もう大丈夫だよ。空姉のおかげで少し自信もついたし、今夜は一人で寝るよ」

「違うのぉ……太陽くんに襲ってもらいたいから一緒に寝るのぉ……」

「――ッ⁉　じょ、冗談言うなよ、空姉。どうしたんだよ？」

「だって、沙月や地歩とはエッチなことして私だけ魅力ないって思われてるの嫌だもん」

「この前も言ったけど、魅力がないわけじゃ……」

「じゃあ……ちゅーしよ♪　ちゅう♪」

そう言いながら空が太陽の顔を強引に引き寄せ、

「んむっ♪　んっちゅっ、れるちゅ……れちゅるるぅ♪」

「んんぅっ⁉」

そのまま太陽にキスをした。

唇を合わせるだけの軽いキスから、すぐさまそれは情熱的で大胆なものになっていく。

空の唇が太陽の唇を甘噛みし、姉の舌が弟の口内を舐め回す。

二人の唾液と吐息が混ざり合って、一瞬で太陽の理性が溶かされる。

「はぁ……キス、しちゃったね♪　しかも初めてなのに、すっごくエッチなキス♪」

唇を離すと、のぼせたように空が微笑む。

「……は、初めて……空姉も？」

「うん、そうだよ？　あげるなら太陽くんがいいかなぁって、ずっと思ってたから♪　でも、そっか……もう沙月とか地歩としてたと思ったけど、太陽くんも初めてだったんだ。じゃあ、お互いに初めて同士だね♪」

姉のファーストキスを奪った感触が唇に蘇り、太陽の劣情に火を点ける。

空姉がもっと欲しい。空姉にもっと触れたい。空姉と繋がりたい。

もっともっともっともっともっとッ――。

「はぁはぁ……そら……ねぇ……」

「ねぇ、太陽くん。お姉ちゃんと……エッチなことしたい？」

ハチミツのような囁きが太陽の劣情に油となって注がれる。

燃え上がる淫欲は股間を滾らせ、理性をあっという間に灰へと変える。

「……うん……俺、空姉としたい……」

空に対する安心感が罪悪感を薄れさせ、口から欲望を溢れさせる。

「私も、もう我慢できないよ。お姉ちゃん、沙月とか地歩と比べたら地味だけど……この、子作りしたそうにおっきくなってるオチンポで……私とエッチなことしよ♪」

太陽を自分のベッドに寝かせると、空は服をはだけて弟の上に跨がってくる。

「太陽くん♪　まだ聞いてなかったけど、二人は太陽くんのどんな初めてもらったの？」

火照った体とおっぱいを惜しげもなく晒しながら、空が熱い瞳で太陽を見下ろす。

「つ、月姉には口で……ちー姉には太ももで……」

「ふ～ん。それなのに私と添い寝したときは、ぐっすり眠っちゃったんだ？」

空の秘裂がペニスに触れた途端、くちゅりと音がして熱い蜜が裏筋を伝っていく。

「はぁ、はぁ……空姉の……当たってる……」

「太陽くんのも、すっごく硬くなってるね。よかった。ちゃんと私でもエッチな気持ちになってくれて。この前はなんともなかったから少し不安だったんだ」

「それは……空姉が何もしなかった、から……」

「そっかぁ……じゃあ、太陽くんに襲われたかったらぁ……お姉ちゃんのエッチなところを、ちゃんと見せなきゃダメだったんだね」

「俺はっ……襲ったりなんてっ……」

空のねっとり濡れた陰唇が亀頭に何度もキスをして、腰が勝手に浮きそうになる。

「わかってる。太陽くんは優しい子だもん。沙月とか地歩のときも二人が迫ったんでしょ？だから悪いのはお姉ちゃんたち。太陽くんのことが好きすぎてぇ、太陽くんの初めてぜーんぶ欲しくなっちゃうお姉ちゃんたちが悪いからぁ……あっ、あんっ♪」

くちゅくちゅと水音を響かせながら空は陰唇で弟のペニスを舐め回す。

熱くとろけるような気持ちよさにペニスも熱く張り詰めていく。

「んんっ♪　これくらい濡れれば大丈夫かな？　太陽くん、そろそろ行くよ？」

「そろそろ……イク？」

「うん♪　沙月と地歩ばっかり太陽くんの初めてもらってズルいからぁ……私は太陽くんの童貞、もらっちゃうね♪」

「え？　童貞ってっ……ちょっ、ちょっと待って！」

「もう待てないよ。お姉ちゃんのここ、こんなに濡れちゃってるんだよ？　太陽くんの硬いので、いっぱい擦ったから♪　だから、ごめんね。今から太陽くんのこと無理矢理襲って……太陽くんの童貞、もらっちゃうね♪」

空が腰をゆっくり落とし、太陽のペニスを自分の中へと入れていく。

「ああッ！　空っ……ねぇっ……！」

膣口に亀頭が呑み込まれ、わずかな抵抗のあと根元まで一気に空の中へと消えていく。

「あぁ♪　これが弟の……太陽くんのオチンチン♪　入れただけで、オマンコの中でびくびくってぇ♪　はぁあんっ♪　おっきくてぇ……これ、すごいよぉ♪」

「くっ……ううっ……ぬるぬるが吸いついてくるっ……」

ペニスに粘膜が隙間なく密着し、火傷しそうなほど熱くなる。

その上、適度に締めつけながらカリを無数の膣襞がなぞるように刺激してくる。

「ああっ！　くぅううっ！」

「やぁんっ♪　オチンポ、私の中で元気に跳ねてるぅ♪　私で感じてくれてる太陽くん、可愛すぎるよぉ……お姉ちゃん、オマンコの奥きゅんきゅんしちゃうっ♪　もう動いちゃうから……お姉ちゃんが、全部ぜーんぶシテあげるからぁっ♪」

空が膣でペニスを締めつけて、そのまま上下に腰を動かし始める。

「あっ、あんっ♪　はぁっ、ああっ♪　太陽くんのっ……ごりごり擦れるっ♪　オマンコの中っ……弟チンポが出たり入ったりしてるよぉ♪」

ぱんぱんぱんと音を響かせ、ギリギリまで腰を浮かせては何度もペニスを咥え込む。

そのたび膣口からは愛液が溢れ、ペニスは愛液まみれになっていく。

「いいっ♪　これぇっ……初めてなのにぃ……オマンコっ、気持ちよくなってるよぉ♪　すごいっ♪　すごいよっ♪　弟チンポぉ……こんなに気持ちよくなるなんてぇ♪」

「俺もっ……気持ちよすぎるッ！」

竿全体はねっとり、亀頭とカリは強く扱かれ、腰の奥から熱い疼きがやってくる。

「はぁあああんっ♪　オチンポおっきい♪　先っぽっ、パンパンになってるよおっ♪　お姉ちゃんの気持ちいいとこっ……やぁああんっ♪　いっぱい擦れちゃってるっ♪」

「そ、空姉っ……締めつけないでッ……！」

「無理ぃ……だって、すっごく気持ちいいんだもん♪　おっきくってぇ、とっても立派で体がすっごく喜んでるのっ♪　太陽くんのオチンポ大好きっ♪　弟チンポ最高なのぉっ♪」

膣をぎゅうぎゅう締めつけて空が夢中で腰を動かす。

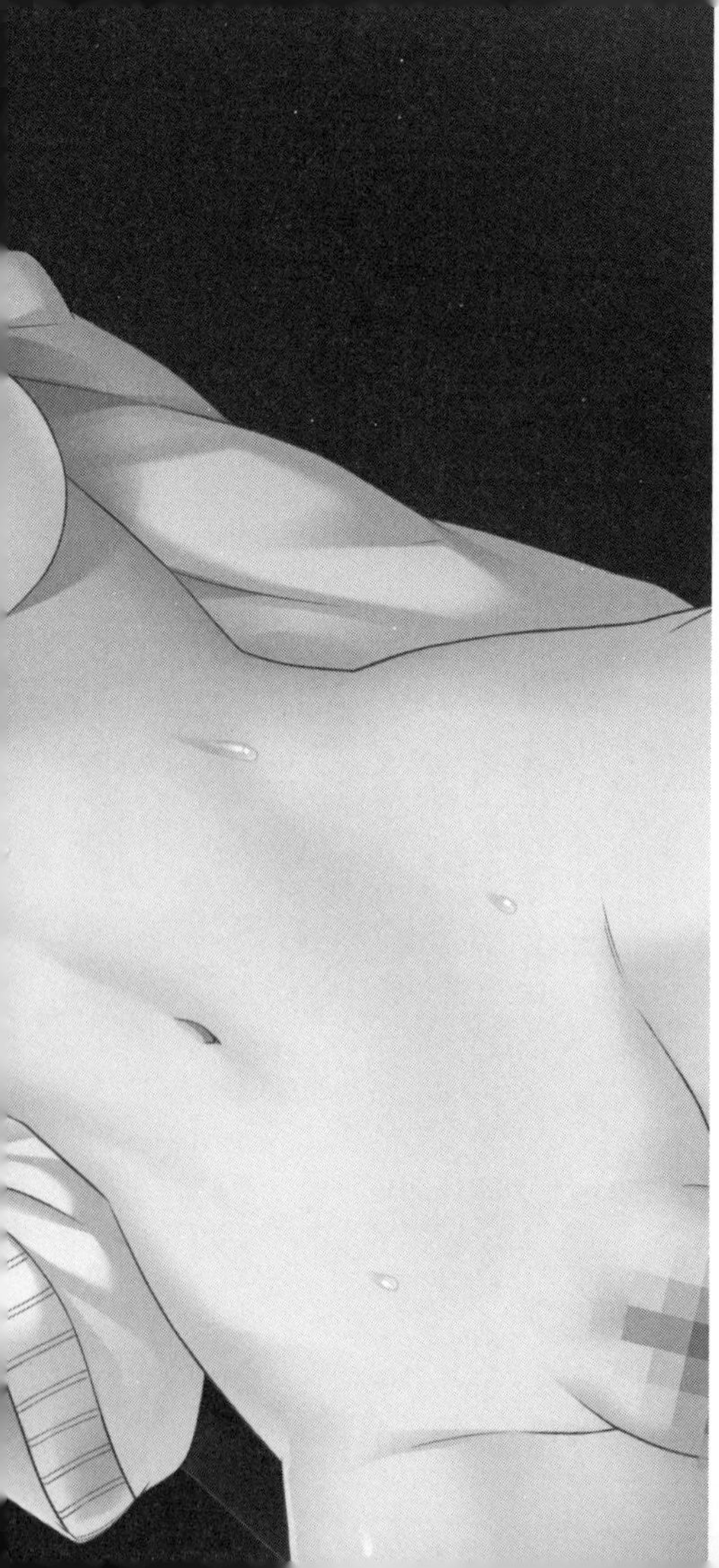

「出っ……ちゃうっ……出ちゃうよっ、空姉……ッ！」

絶え間ない快感に太陽は必死で歯を食いしばる。

「あぁあんっ♪　今、そんなこと言われたらぁっ……オマンコの奥が切なくなってぇ……太陽くんを、もっともっと射精させたくなっちゃうよぉっ♪」

空が腰を密着させて、ぐりぐり前後に動かし始める。

「出してっ♪　出してぇっ♪　やぁあんっ♪　太陽くんの先っぽがぁっ……お姉ちゃんの奥にっ、子宮にっ……すっごい当たるのっ、当たってるのぉっ♪　子宮が下りて来ちゃってるぅっ……太陽くんのを欲しがってるのぉっ♪」

「だ、ダメだよッ……中でなんてッ……そんな無責任なことできないよッ！」

「いいのっ！　全部お姉ちゃんが悪いからっ……太陽くんはっ、ただ私で気持ちよくなってっ……それがっ、無理矢理しちゃったお姉ちゃんのっ……せめてもの償いだからぁっ♪」

子宮口を亀頭に押しつけ、放さないとばかりに膣がペニスを抱きしめる。

さらに激しい痙攣が加わって、精液を欲しがる姉の体に我慢の限界がやってくる。

「イッてっ♪　イッてぇっ♪　わるーいお姉ちゃんにっ、弟チンポで初めて中出しっ……太陽くんの精液でっ、私の子宮に種付けしてぇえええっ♪」

「あぁあああッ！　んんーーーーーーーッ!!」

目の前で火花が飛んで頭の中が真っ白になる。

そのまま腰を突き上げて、太陽は空の子宮に我慢できず射精した。

「ふぁあああっ♪　注がれてるぅううううっ♪　子宮に初めての精液ぃいいいいっ♪

太陽くんのっ……こんなにいっぱい気持ちいいよぉおおおっ♪」

空もまた絶頂し、心の底から嬉しそうに弟精子を子宮でたっぷり受け止める。

そして射精が終わると、すべてを出し切った太陽の顔に愛しそうに手を触れる。

「ありがとう♪　お姉ちゃんと一緒に初めてしてくれて。後片付けはお姉ちゃんがするから、太陽くんは休んでていいよ。それで片付けが済んだら……また一緒に寝ようね♪」

初めてのキスに初めてのセックス、そして初めての中出し。

姉の満たされたような笑みを見ながら、

(空姉が幸せなら、それでいいかな……)

と、太陽は心地好い疲れに身を委ね、ゆっくりとまぶたを閉じた。

●緊急家族会議

「……もう死ぬしかない」

空とセックスした翌朝。

昨夜の気持ちもすっかり冷め、太陽は二階にある自室の開いた窓に足をかけていた。

誕生日パーティーで飲んだ両親から送られてきた飲み物。

夜中にのどが渇いた太陽は、キッチンで空になったあの飲み物のボトルを見つけ、そこに書いてあった注意書きを見て頭を抱えた。

『体質によってはアルコールを飲んだときのように酔う場合があります』

姉がそれを望むならと自分を納得させたのに、あのときの空の言葉も気持ちもすべて偽りのものだった。

なのに自分はそのことに気付かず、流されるまま姉に中出ししてしまった。

「もうダメだ。生きてる価値もない」

そして太陽は窓の外へと――。

「ちょっと待ったぁああっ！　地歩ＧＯ！」

「言われなくてもっ！」

扉が勢いよく開いて地歩が太陽目掛けて突っ込んでくる。

「え？　うわっ⁉　ちー姉ッ⁉」

太陽は地歩に羽交い締めにされ、そのままベッドへ放り投げられた。

「いたた……何するんだよ、ちー姉……」

地歩のほうを見ると、そこには沙月と空もいる。

「三人ともどうして……鍵だってしっかりかけてたのに……」

「ごめんね、太陽くん。何かあったときのためにスペアキーを用意しておいたの」

「それで私が何か問題がないか、寝起きにあなたの部屋にしかけておいた監視カメラの様子をスマホで確認してたら危ないことしようとしてたから――」

「あたしが突撃したってわけ」

こうして姉たちに現行犯で取り押さえられた太陽は、リビングへと連行された。

◇

「それで……なんで、あんなことしようとしたの？」

テーブルを囲んで緊急家族会議が開かれ、重い空気の中、沙月の質問に太陽は俯いたまま膝の上に置いた両の拳を強く握り締めた。

「俺……空姉と……セックス……しちゃったんだ……」

その瞬間、沙月と地歩が目を見開いて勢いよく立ち上がる。

「なっ⁉　空っ、あなた太陽の初めてを奪ったの！」

「ずるいよ、空っ！　初めてはあたしが欲しかったのにーっ！」

一方、空は頭を抱えて青ざめた顔をしていた。

「え？　うそ……私、全然覚えてないよ⁉　私、太陽くんとエッチ……しちゃったの？」

「覚えてないのは、きっと母さんたちが送ってきてくれた飲み物のせいだよ」

呆然とする空に太陽は俯いたまま説明する。

「なるほどね。それで酔った空とセックスしちゃったんだ」

地歩が溜め息を吐いて再び椅子に腰掛ける。

「そうだよ。俺は……姉ちゃんたちと二人きりになってエッチなとこ見せられたら勃起しちゃうような変態なんだよ！」

感情を抑えられなくて、太陽は拳を自分の脚に叩きつけた。

そんな弟に、沙月は椅子に座り直しながら溜め息を吐く。

「まったく私の弟は……どうにも自信がなさすぎていけないわ。いい？　何度でも言うけれど、あなたは私の大切な弟よ」

「姉に欲情してても？　姉ちゃんたちのことを考えてオナニーしまくってても？」

「当たり前じゃない。それの何が問題なの？　二人もそうでしょ？　空は……覚えてないみたいだけど、太陽が自分をエッチな目で見てくれて……そのとき、どう思った？」

「あたしは……嬉しかったかな。だって、女の子として求められるなんて最高でしょ？　世界一大好きな弟なんだしさ♪」

「私も……覚えてないけど、太陽くんとエッチなことしちゃってもいいと思ってるよ？　そのくらい太陽くんのことが大切。男の子としても魅力的だと思う」

「ほらね？　私たちみんな、弟としてはもちろん、異性としても太陽のことが大好きなのよ。だから、あなたが私たちに魅力を感じてエッチな行為を求めてくれるのは、嬉しいことでしかないわ。それとも太陽は、お姉ちゃんたちが『お情け』で簡単にエッチなことしてあげる軽い女だとでも思っているの？」

「そんなこと思ってないよ！　姉ちゃんたちは、そんなことしないっ！」

「でしょう？　よくわかってるじゃない♪」

即答する太陽に沙月は満足そうな顔をして、優しい瞳を弟に向ける。

「信じられないのよね、自分が」

「そりゃ……だって俺は……」

姉に欲情する変態だと言おうとして、そんな自分が情けなくなる。

「そこが問題なのよね。空はどう思う？　どうすればいいかしら？」

「そうだね……太陽くんは昔からそうだけど、甘えるのが下手……なのかな？」

「あー、わかるかも。一緒にお菓子とか買いに行っても、絶対自分が欲しいもの言わなかったりするしね」

「それが、なんだって言うんだよ。俺は、いつまでも甘えてちゃいけないんだ……」

家族として、姉弟として、ちゃんとしないといけない。

姉をエッチな目で見るなんて普通じゃないし、ちゃんとした関係じゃない。

理想の自分を思い浮かべるほど現実の自分が汚く思えて、自分が嫌になってくる。

「それよ。甘えるっていうのはね、太陽……愛を受け入れるってことなのよ」

「そう。そして愛を受け入れるためには、自分が愛されてるって信じる必要があるの。信じないと愛はなくなってしまうから。あなた……自分が捨てられたから、拾われた存在だから甘えたらいけないって思ってるでしょ？」

「それは、そうかも……俺は、姉ちゃんたちの家族だけど、受け入れてもらったって思ってて、だから……期待に応えないとって……じゃないと、また……」

小さい頃の孤独が蘇って太陽を呑み込もうとする。

「でもね……あなたは愛されているのよ、太陽」

しかし沙月の言葉が太陽の闇に一条の光を差す。

「そうだよ、太陽くん。お姉ちゃん、太陽くんのこと愛してるよ」

「あたしだって、太陽のこと……ちゃんと愛してるんだからね♪」

姉たちの温かな眼差しが、太陽の凍った心を溶かしていく。

「俺……姉ちゃんたちのこと、信じられるかな？」

顔を上げた太陽に姉たちは満面の笑みで頷く。

「大丈夫よ。信じられるようになるまで、た～っぷり愛情を注いであげるから♪　もちろん地歩と空も協力してくれるわよね？」

「もっちろん！　太陽のこと、いっぱい可愛がってあげるからね♪」

「愛を……受け入れる？」

「わ、私も太陽くんのためにがんばるよ！」

頼もしい姉たちに胸の奥が温かくなる。

「じゃあ、とりあえず空には今までどおり家事を頑張ってもらうとして……」

「ええっ⁉　なんで？　今がんばるって言ったばかりなのに！」

「太陽の童貞もらったんだから、しばらく休みに決まってるじゃない」

「なんの罰ゲームよー！　けど、気持ちはわかるから反論できない。うう～」

「納得したようね。というわけで、おもに私と地歩であなたのことを甘やかしてあげる。もちろん、あなたが望むならエッチなこともね♪」

「えっ⁉　エッチなこと……も？」

今までのことが鮮明に蘇って顔と股間が一気に熱くなる。

「そうだねー。すぐにチンポをおっきくしちゃう太陽には、そっちの甘やかしも必須だよね。い～っぱい甘やかすから覚悟してててね、太陽♪」

「お姉ちゃんたちの愛情で太陽の凝り固まった心をとろとろにして、ママに甘えるみたいにお姉ちゃんたちにも甘えられるようにしてあげるわ♪」

こうして、姉たちによる太陽の甘やかされ生活は幕を開けたのだった。

第二章　月と地と空に育まれ

●姉は生徒会長

「ふぅ……ようやくみんな行ったわね」

沙月が生徒会室の鍵をかけてひと息つく。

放課後の生徒会も終わり、生徒会室には沙月と太陽の二人だけが残っていた。

部屋の隅にあるソファーで沙月の仕事ぶりを見ながら待っていた太陽は、いよいよだと鼓動を高鳴らせる。

今朝、登校前に勇気を出して沙月に甘やかして欲しいとお願いしたら放課後に生徒会室まで来るよう言われ、授業中もそのことで頭がいっぱいだった。

「さあ、たっぷりと甘やかしてあげる……と言いたいところだけど。その前に、あなたには聞いておかないといけないことがあるわ」

太陽のいるソファーへ近づき、沙月が見下ろすようにして弟の顔を覗き込む。

「太陽、あなた……本当に童貞を空にあげてしまったの？　空は泥酔状態で覚えていなかったようだし、改めて確認させて欲しいのだけど？」

「本当……だよ。空姉には申し訳ないことしたと思ってる……」

姉の顔から目を逸らして太陽は俯き答える。

しかし沙月は、そんな太陽の顔を優しく両手で包み込むと自分のほうへ向けさせる。

「もうっ。そんなに落ち込まなくても大丈夫よ。空も悪いことされたなんて思ってないし、むしろ覚えていなかったことを残念がっていたじゃない」

優しく微笑みながら頭を撫でられ、太陽も少し元気を取り戻す。

「それはともかく、本当に空に初めてを捧げてしまったのは残念ね。せっかく私が最高の初体験をいつか……と思っていたのに」

「月姉、そんなこと考えてたの？」

「あら、好きな男性とどんな初体験をするのかなんて、私だって考えるのよ？」

意外な答えに、太陽は改めて目の前の姉が女だということを意識する。

しかも、その対象が自分で、弟ではなく一人の男として見られていることにオスの本能が否が応でも疼いてしまう。

「ふふ♪　今エッチなこと、考えたでしょう？」

「……その……ごめん……」

「いいのよ。今らかそういうことするんだから、むしろそうでないと困るわ」

「もしかして……ここでするの？」

「ええ。だって、空が太陽の初めてを奪ってしまったんだもの。私だって欲しいわ、太陽との初めての思い出が……だからね。学園の中でセックスしましょう♪」

そう言うなり沙月はブラごと制服をたくし上げ、大きなおっぱいを露わにする。

下着から解放されて、ぷるんと大きく揺れる乳房に太陽の目は釘付けになる。

「一応聞いておくけど、まだ誰とも学園ではエッチなことしてないわよね？」

綺麗なふたつの膨らみに見とれながら、太陽は無言でコクコク頷き返す。

「よかった……じゃあ、私のおっぱい……太陽の手で気持ちよくしてくれるかしら？」

強烈な引力にも似た誘惑に、太陽の手が自然と沙月の胸へと伸びていく。

「んっ♪　はぁ……♪」

おっぱいに触れた瞬間、沙月が肩を震わせる。

それでも太陽の手は止まることなく、魅惑の膨らみに指を沈み込ませていく。

「す、すっごく柔らかい……それに、手のひら全体に乗っかってきて……」

「あら？　おっぱいに触るの、初めてだった？」

「うん。よく押しつけられたりはしてたけど……」

マシュマロのようにふわふわで、なのに重量感があって少しひんやりして気持ちいい。

「どうかしら、私のおっぱい？　男の子って大きいほうが好きなんでしょ？」

「なんか感動する。月姉のおっぱい、いつまでも触っていたくなるよ」

「ふふ♪　うれしいわ。もっと好きにしていいのよ？　私はあなたのお姉ちゃんだけど、ママの愛情も与えてあげるの。だから男の子の欲望もママに甘えたい気持ちも……もっともっと私にぶつけて。私の体にいっぱい甘えて♪」

大好きな弟の頭を撫でながら沙月が胸を太陽の手に押しつける。

「はぁ、はぁ……月姉っ……！」

「んっ♪　あぁ……そう。いいわよ、もっと強くしても……私を求めて。私だけに、もっと甘えて。あなたに求められると私はとっても嬉しいの♪」

揉み続けると乳房がだんだん温かくなって、よりふわふわになっていく。

「ふぁ……んんっ♪　太陽が、私のおっぱいに……夢中になってるぅ♪　あっ♪　はぁっ……おっぱい火照ってきてぇ……私も、気持ちよくなってきちゃうぅっ♪」

好きに揉んでいるだけで感じ始めた姉に、太陽の興奮も高まっていく。

「き、気持ちいいの？」

「ええ、気持ちいいわよ。その証拠にぃ……ほら見て、おっぱいの先っぽ……んっ、はぁ……大きく膨らんで、硬く……なっちゃってるでしょ？」

「さ、触っていい？」

「もちろんよ。むしろ、触って欲しいくらいだわ。あなたの手でいっぱい触られて……それで、こんなになってしまったんだもの。んっ、んんっ……さっきから、あなたに触って欲しくて……先っぽ、ムズムズしてたまらないの♪」

勃起して自己主張している淡いピンクの先端に太陽は思わずゴクリと唾を飲み込むと、恐る恐る指先でそれを軽く摘まんでみる。

「あっ、んんっ……もっとぉ♪　もっと強くっ、摘まんでっ……やぁっ、あんっ♪」

姉の体がぶるりと震え、男の本能を刺激する甘い女の嬌声が姉の口からこぼれ出る。

その声がもっともっと聞きたくて太陽は指先に力を込め、乳房を撫で上げ揉みながら、乳首を夢中になって弄《いじ》り続《つづ》ける。

「あっ、んくっ……はぁっ……やんっ♪　先っぽっ、ピリピリ痺れてきたぁ……ふぁっ、あっ♪　いいのぉ♪　乳首感じてっ……響いてくるのぉっ♪」

「月姉っ、すごくエッチだよっ……声も顔も全部エッチで興奮するっ……オマンコまでっ、響いてくるのぉっ……！」

熱心におっぱいを弄る弟を、沙月は熱い眼差《まなざ》しで見つめ続ける。

「あぁあんっ♪　お姉ちゃんをっ、こんなに、感じさせちゃうなんてっ……上手よっ……んぁああんっ♪　すっごくいいわっ……んんっ♪　ああっ♪　もっとぉっ♪」

乳首を勃たせてよがる姉に、太陽の股間も疼いて疼いてたまらなくなる。

「月姉のおっぱいにっ、チンポ挟んだらっ……絶対とろとろで気持ちよさそうっ……！」

「もうっ♪　おっぱいでオチンポ気持ちよくして欲しいの？」

「だってっ……手で揉んでるだけでもこんなにっ……気持ちいいのにっ……！」

ズボンを押し上げてパンパンになった弟の股間を見ながら沙月は微笑む。

「自分のして欲しいことを言えるようになったのはいいことね。けど、今日はおあずけ。だって、それよりも……」

スカートの裾をめくり、沙月が太ももを擦り合わせる。

「セックスはもっと気持ちいいはずだもの。お姉ちゃんのオマンコ……あなたの手でたくさんおっぱい弄られて、すごいことになってるわ。奥から熱いのがどんどん溢れて、あなたのオチンポを受け入れたくて……すっごくとろとろよ♪」

姉の中を想像してペニスはますます硬くなり、我慢汁がズボンに大きな染みをつくる。

「だから、今日はおっぱいじゃなくて……オマンコで……たっぷり射精しましょうね♪」

沙月は太陽の服に手をかけ、母親が子供にするように優しく脱がせる。

そして自分もスカートと下着を脱ぐとソファーで横になった。

「さぁ……きて♪」

太陽に見せつけるように片脚を上げて股を開く。

むわっと女の匂いが漂って、姉の秘所から透明な液体が太ももを伝って流れていく。

「す、すごい……これが月姉の……」

イヤらしく光を反射する姉の入り口はパクパクとひくついて、まるで弟のペニスを早く食べたいと待ちわびているようだった。

「さすがに、そんなに見つめられたら恥ずかしいわ。ねぇ、お姉ちゃんのここ、どうかしら？　魅力的に感じてくれてる？」

「もちろんだよ！　月姉の……すごく綺麗で……こんなのっ……！」

たまらず太陽が勃起ペニスを沙月の秘裂へ擦りつける。

「あっ、やぁっ♪　もうっ……急にオチンポ、擦りつけてぇ……♪」

温かな姉の愛液をたっぷり肉棒に塗りつけると、湯気の立ちそうなペニスの先端で姉の入り口をくちゅくちゅと掻き混ぜる。

ぷにぷにとした陰唇がペニスに吸いついてきて、早く入れたくてたまらなくなる。

「そんなに擦られたらぁっ……オマンコ切なくてぇ、入れて欲しくなっちゃうぅ♪」

「月姉もっ……俺とセックスしたいんだ？」

「そう言ってるじゃない。まだ、信じてなかったの？」

「だって――」

太陽の言葉を遮るように、沙月の濡れた陰唇がペニスを浅く咥え込む。

「うわっ……つ、月姉っ⁉」

「ほら、そのまま腰を突き出して♪　あなたの全部、ここで受け入れてあげるから……それならさすがに信じるでしょう？　だから、太陽……私の初めて、もらってくれる？」

「わ、わかったよ。じゃあ、もらうよ……月姉の初めて」

沙月に促され、空のときとは違って今度は自分の意思でペニスを中へと入れていく。

「あ、ああっ♪　入ってくるわっ……太陽のオチンチンっ……♪」

「きっ、きつい……ッ」

想像以上に締まる膣に腰の動きが止まりかける。

「止まらっ……ないでっ……一気にしてくれたほうが楽っ、だからっ……」

「うん。じゃあ、このままっ……」

受け入れようとする沙月に股間を熱くしながら、太陽はペニスを無理矢理入れていく。

熱く濡れた膣襞を掻き分け、亀頭を痺れさせながら沙月と一番奥で繋がり合う。

「んくっ、はぁ……奥にあなたを感じるわぁ……あなたと繋がっているなんて夢みたい♪」

ぎゅうっと膣がキツく締まって、ペニスが熱い粘膜に抱きしめられる。

「い、痛くなかった？」

「大丈夫よ。痺れる感じはあるけど、そこまで痛くはないから……それより、オマンコの中いっぱいにあなたのオチンポ感じて……はぁぁ♪　お腹の奥から押し広げられるこの感覚、すごく幸せに感じるわ」

軽いキスをするように、沙月が子宮口を亀頭に何度も押しつける。

それだけで甘い痺れがペニスを襲い、腰を動かしたい衝動に駆られる。

「こんなに幸せな気持ちになるなら……ん、んんっ♪　もっと早く誘えばよかったわ。そうしたらあなたの童貞、私がもらえたのに……」

　幸せを確かめるように、沙月が腰をくねらせて中でペニスを味わい始める。

「まあ、そんなこと言っても仕方ないし……今は何も考えないで、お姉ちゃんと本気のセックス楽しみましょう♪　お姉ちゃんのオマンコを、弟チンポで突きまくって……一番奥にあなたの精液、たっぷり子宮に出してちょうだい♪」

「えっ!?　な、中に……出していいの？」

「ええ、構わないわ。お姉ちゃんのオマンコで、たっぷり太陽に甘えて欲しいから。だからイキたくなったらいつでも、お姉ちゃんの中に射精して♪」

「ごくっ……わ、わかったよ。じゃあ、動くからね？」

　姉への中出しを想像してペニスはますます硬くなり、太陽は我慢できずに腰を動かす。

「あ、はぁっ……ん、ふぁ……太陽のぉ……私の中でっ、動いてるっ……♪」

　入れた直後と違って、ほどよく力の抜けた沙月の膣がペニスに甘く絡みつく。

「くっ、これヤバっ……すごいチンコ全体にっ……ひだひだが擦れてっ……」

「ああっ♪　太陽の顔っ……すっごく可愛い♪　私の中で感じる太陽っ……愛おしくてたまらないわ♪　そんなにっ……ん、はぁ……私のオマンコ気持ちいいの？」

　陰茎から裏筋、カリに亀頭まで、敏感な部分すべてに膣襞がゾワゾワと這い回る。

「はぁ、うぐっ……これっ、気持ちよすぎるっ……！」

少し動いただけで熱い痺れがペニスを駆け抜け、まともに腰が動かなくなる。

「もう、これからなのに……いいわ。お姉ちゃんが甘やかしてあげる♪　私が動いてあげるから、あなたは私と繋がる気持ちよさだけをじっくり楽しんでいてね♪」

腰をイヤらしくくねらせて、沙月がペニスを膣でねっとりと扱《しご》き始める。

「寝ながらだとっ、少し動きづらいけどっ……これっ、動いてもらうのとは違うところが擦れてっ……んっ、あんっ♪　それに……あなたが感じてるのがわかって楽しいわ♪」

膣全体がうねって陰茎を扱きながら、膣襞がカリに熱く絡みつく。

予測のつかない快感が絶え間なくやって来て、確実に射精感が高まっていく。

「月姉っ……気持ちいいよっ……」

「私も、あなたのオチンポ気持ちいいわよ♪　逞しくてぇ……気持ちいいところ、いっぱい擦れてぇ……んぁあんっ♪　私と太陽って体の相性がいいのかしら？　幸せで、気持ちよくて……あっ、んんっ♪　オマンコの奥からとろけてしまいそうよっ♪」

結合部では溢れ出る愛液が白く泡立ち、ぐちゅぐちゅと粘着質な音を響かせる。

「んっ、ふぅっ……はぁ、んんっ……太陽っ♪　太陽ぉ……♪」

しかし、さすがに体勢がキツいのか、沙月の動きがもどかしそうになっていく。

「つ、月姉っ……やっぱり動こうか？」

「どうしたの？　急に……んぅ、はぁ……あなたは、このままっ……オマンコの奥でぇ……気持ちよく、なってくれればっ……いいのよ？」

「けど、大変そうだし……俺、月姉にも気持ちよくなって欲しいんだよ。もっと月姉の感じる顔……見せて欲しいんだ」

「もう、嬉しいこと言って♪　じゃあ、いつでも出していいから……私のこと、もっとめちゃくちゃにして……弟チンポの逞しいところ、お姉ちゃんに見せてくれる？」

「うん。いくよっ！」

姉の期待に応えようと、太陽は気合いを入れて一生懸命腰を動かす。

「はっ、ああっ！　いきなりっ、強いっ……弟チンポっ……ああっ、んんっ！　すごいっ、ガンガン奥っ……来てるぅううっ♪」

背中を仰け反らせるほど沙月は感じて、膣がペニスを容赦なく締めつける。

「すごいぃっ♪　いいっ、これぇっ♪　オマンコ痺れてっ……これいいのぉおおっ♪」

テクニックのないがむしゃらなピストンに、それでも沙月は膣でペニスを抱きしめながら歓喜の声を上げ続ける。

「弟チンポでっ、掻き回されてるっ♪　オマンコぐちゅぐちゅっ……ひぁっ、んんっ！　あっ、いいっ！　ジンジン痺れるっ……んくぅんんっ！　はぁあああんっ！」

軽い痙攣を繰り返しながらますます締まる膣をこじ開け、奥を何度もノックする。

　射精感がこみ上げて、それでも構うことなく太陽は姉の感じるところを突きまくる。

「あぁあああっ！　んはぁあああっ！　オチンポすごいぃっ……弟チンポっ、気持ちいいのぉ♪　初めてなのにぃ……こんなの私ぃ……♪」

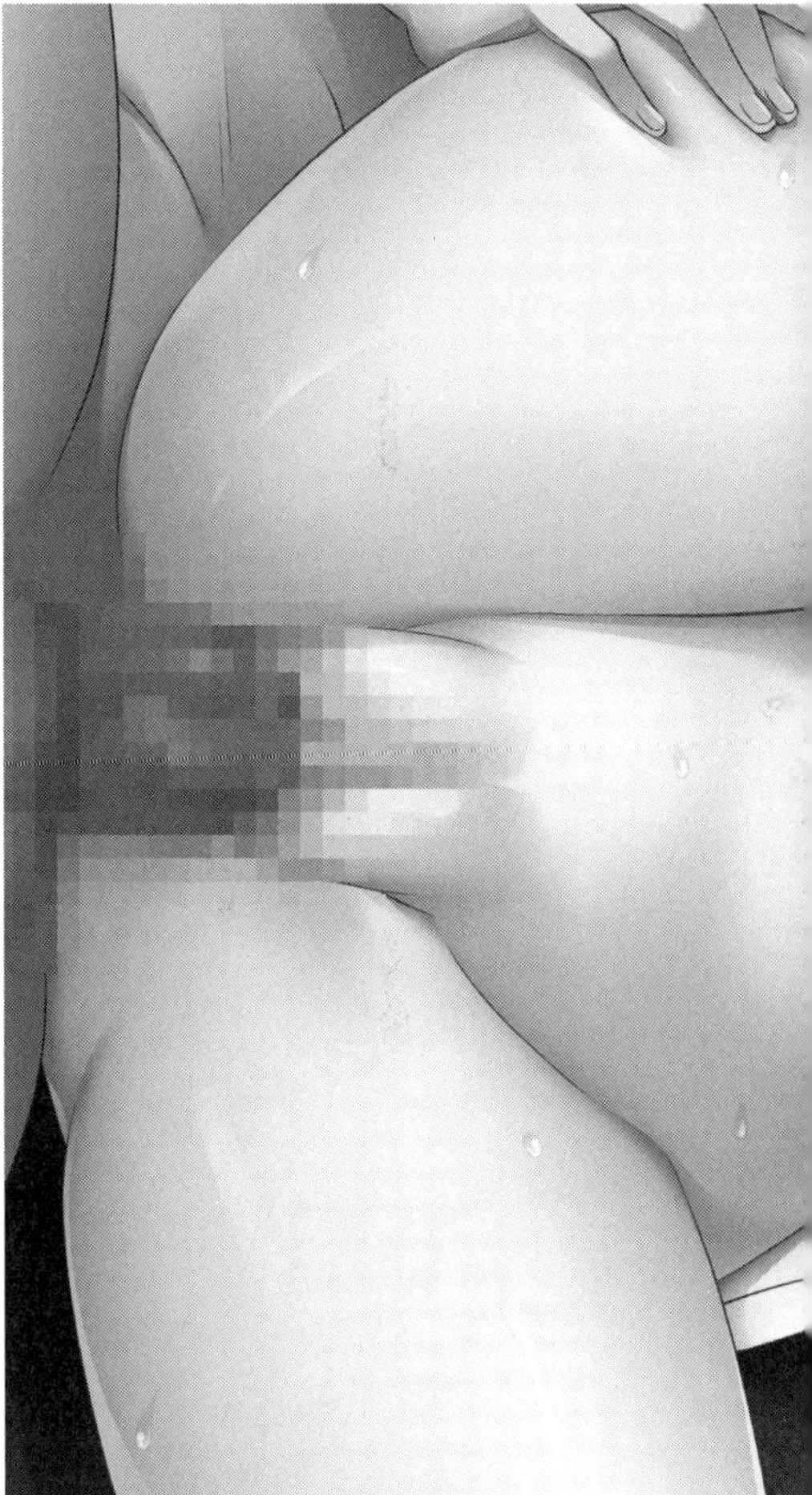

沙月は激しく乱れながらも膣は弟の精液を求め、奥へ奥へとペニスを引き込む。

「月姉ッ……俺っ、もう……ッ！」

高まり続ける衝動に腰がさらに加速する。

「んんんーーーーっ！　オチンポっ、すっごく膨らんでるぅ♪　射精するのね？　いいわよっ、出してぇっ♪　太陽の熱いのぉ……一番奥で感じさせてぇぇえええっ！」

沙月の脚に力が入って、膣全体がペニスを逃がすまいとひときわ強く締めつける。

太陽も歯を食いしばって腰を振り、姉の中を負けじと亀頭で突き進む。

「やっ、ああっ！　イッちゃうっ……弟チンポでっ……私っ、私ぃっ……！」

「でっ……るぅううううっ！」

「んっくぅううっ！　イックぅうううううっ！」

絶頂する沙月の奥にペニスを押し込み、太陽は遠慮なく子宮に精液を流し込む。

「月姉ッ……もっとッ……！」

「ああっ⁉　ダメッ……ダメよぉおおおっ！　出しっ、ながらぁっ……動くのっ、だっめぇっ……オマンコまたぁっ……イッちゃうっ……イクぅうううううっ！」

精液を注がれながら、沙月が再び腰を大きく跳ねさせる。

「くっ……はぁっ……気持ち、よかった……」

射精が終わると、太陽は軽いめまいとともに沙月の胸へ倒れ込む。

「はぁぁ……初めてなのに二回も弟にイカされちゃったわ。でも最後の……とっても一生懸命で格好よかったわよ。だから、このまましばらく私に甘えていなさい。お姉ちゃんのオマンコで頑張り屋さんの弟オチンポ、きゅ〜ってしていてあげるから♪」

「うん。月姉、ありがとう」

ふわふわで温かな沙月の胸に顔を埋めて、太陽は重いまぶたをゆっくり閉じる。

「お疲れさま、太陽。最高の初体験だったわ。また、しましょうね♪」

頭を撫でられながら顔もペニスも姉に包まれ、太陽は心地好い眠りへと落ちていった。

●姉は陸上部主将

「じゃあ、主将お先に失礼しま〜す」

「弟くんも、またね〜♪」

放課後の部活が終わり、陸上部の部員たちが部室を出ていく。

それを見送った主将の地歩は、ニヤニヤしながら一緒に残った太陽の肩を小突く。

「今日はモテモテだったね〜。弟くん♪」

「何がモテモテだよ。ただイジられてただけじゃないか……」

相変わらず下着みたいな格好の地歩に溜め息を吐きながら、太陽は長椅子に腰掛けた。

甘えるなら部室に来てと地歩に言われて来てみれば、ほとんど女子だらけの陸上部員に主将の弟だからと可愛がられ、地歩には「あたしの男だから♪」とみんなの前で冗談を言われて、走ってもいないのに疲労困憊《ひろうこんぱい》だった。

「お、現実を直視しとるね～。感心感心♪　モテてないんだから、勘違いして女の子たちに手を出しちゃダメだよ？」

地歩が部室の扉を閉めて鍵をかけながら、からかうように言ってくる。

トラックを真剣な眼差しで風を切るように圧倒的な速さで走っていた、あの格好いい姉はどこへ行ってしまったのだろう。

「さて、部員たちは帰ったし、今から甘えちゃう？　てか、甘えろー♪」

「ちょっと⁉　ここじゃダメだって。それに今日は疲れたし……俺たちも帰ろうよ」

「フラれちゃったかー。でも、まだダメだよ。太陽には大事な役目があるんだから♪」

地歩が隣に座って体を寄せる。

部活上がりの火照った肌から香る姉の匂いに、鼓動が勝手に速くなる。

「大事な役目？」

「そうだよ。太陽なら、あたしが今、何をして欲しいのかわかるよね？」

潤んだ瞳で見つめられ、太陽はゴクリと生唾を呑み込む。

「う、うん……わかると思う。今、ちー姉が何をして欲しいのか」

「じゃあ、あたしのこと……いっぱい気持ちよくしてもらおうかな♪」

おっぱいを腕に押し当てて頬を染める姉の言葉に太陽は確信する。

（きっと俺が甘えるのを遠慮したから、わざと隙をつくってくれてるんだ）

そこまでしてくれる姉のためにと太陽は気合いを入れる。

「お、俺に任せて！」

そして恐る恐る姉の肩に手を伸ばし、

「それじゃあ、さっそくマッサージしてもらおうかな♪」

「わかった。マッサージを……？　ん？　マッサージ？」

そこで太陽の思考は停止した。

「ぷっ……あははははっ♪　もしかして太陽、勘違いしちゃった？　エロい意味だと思っちゃった―？　ほんと、笑っちゃうくらいウブなんだから―♪」

「ぐぬぬぬっ！　ち―姉、よくないよ！　陰キャイジりヨクナイ！」

「ごめんごめん。でも、マッサージして欲しいのは本当だから……きっと太陽ならマッサージ上手いと思うんだよね」

「はぁ……勘違いした俺も悪いけどさ。なんでそう思うの？　俺、マッサージなんてやったことないよ？」

するとと地歩が、太陽にお尻を向けて長椅子の上でうつ伏せになる。

「あたしね、マッサージに重要なのって観察力だと思うの。だから、太陽の観察力をあたしで発揮してもらおうかなって……見てるよね？　いろいろと、あたし限定で♪　例えば、お姉ちゃんのお尻とか。ほらほら好きでしょ？」

見せつけるように、ランニングパンツに包まれた大きなお尻がぷるぷる揺れる。

「お、俺はっ……ちー姉のデカ尻が変なところに引っかからないか見てただけだよ！」

「あはっ♪　つまり、お尻のマッサージには適任ってことだね。ほらほら、早く揉んでよ。こう見えても凝ってるんだからね」

下着と同じ面積しかないパンツからはみ出る地歩の尻。そして、股布越しに浮き出る姉の大事な部分が目の前に惜しげもなく差し出される。

「わ、わかったよ……それじゃあ……」

誘惑に抗えず、太陽は地歩のお尻に両手を添えると左右同時に揉み始めた。

「ふぁ……んんっ……はぁ……んふっ……」

もっちりした肌は触っているだけで心地好く、指を押し返すぷりんとした弾力に太陽の心も弾んでドキドキする。

(ちー姉の……女の人のお尻って、こんなに柔らかいんだ)

いつまでも触っていたくなる気持ちよさに、マッサージであることを忘れそうになる。

「ねぇ、太陽っ……どうかな？　最近、お尻も凝ってるみたい……なんだけど……」

「え？　これで凝ってるの？　めちゃくちゃ柔らかいけど？」

「それは……あ、あんっ♪　太陽がぁ……エッチなとこ、触ってるからぁ♪　あたしが揉んで欲しいのはぁ……付け根のところ、なんだけど？」

「付け根……あっ、ああっ！　そうだよね！」

欲望のままに思いっきりお尻を揉んでいた自分に、顔から火が出そうになる。

「まあ、そこも気持ちいいし……太陽がしたいなら好きなだけ揉んでいいよ？」

「いえ！　ちゃんとマッサージします！」

また勘違いしそうな誘惑をぐっと堪え、お尻と脚の境界に指を当てると、なぞるようにゆっくり力を込めていく。

「んぁ、あぁ……そこっ、そこぉ……もっと力入れていいからぁ……遠慮しないでっ……あっ、んんっ……ぎゅうって力っ、入れて欲しいな♪」

「じゃあ、これくらいでっ……んんっ！」

「んくぅんんっ♪　ふぁっ……ああっ、いいよぉ♪」

どこまでも甘い姉の喘ぎ声に股間が反応しそうになる。

「触り方、どんどんよくなっていくね？　んっ、ああっ……そこぉ、すごくいいよぉ♪　そのねっとりした揉み方……太陽ったら、やらしいんだからぁ♪」

「やらしいって……俺は、ちゃんとマッサージしてるだけだよ……」

「じゃあ、本能的にエッチな触り方してるんだ♪　こんなに上手にできるなら……もう、ずっとそばにいて欲しくなっちゃうじゃない♪」

こんなに手が気持ちよくてエッチな姉を見られるなら、ずっとマッサージしていたい。

そんな衝動に駆られながら、太陽は脚の付け根を揉み続ける。

「ねぇ、もっとぉ♪　気持ちいいけど、まだまだ足りないよぉ……もっと気持ちよくしてくれないと……こんなんじゃ、満足なんてしてあげないんだからね？」

「うーん。それなら、もっと力を入れて強めのマッサージのほうがいい？」

「あのねぇ……そういうことじゃなくて、直接して欲しいの♪」

「直接……」

それはつまりランニングパンツと下着を脱がせるということで……。

その光景を想像して、太陽は思わず地歩のお尻をガン見する。

「女の子におねだりさせるなんて、ほんとイケない子なんだからぁ。ほ～ら、早くぅ……脱がせて直接マッサージしてよ。ほらほら、太陽ぉ♪」

「ほ、本当に……いいの？」

「今さら、なに言ってるのよぉ。いいから、あたしの体……ふにゃふにゃになるまで太陽の手でぇ、たっぷりしっかり揉みしだいてぇ♪」

「う、うん。じゃあ、行くよ？」

太陽は震える手で地歩のパンツと下着に指をかけ、慎重にゆっくり下へずらしていく。

（お尻だけ……お尻だけ……）

呪文のように心の中で唱えながら、アソコが見えないギリギリのところで手を止める。

大きく安堵の溜め息を吐いて改めてよく見ると、目の前には全貌を現した大きなお尻と地歩の綺麗なアヌスがあった。

「ちょっと太陽？　どこ、じっと見てるのよ～。いいから早くっ、マッサージ」

「ご、ごめん！　今するから！」

大きく深呼吸すると目の前のふたつの山――ではなく、その下にある脚の付け根に集中し、太陽は再びマッサージを開始する。

「あ、んんっ……ふぁっ、あぁあんっ♪　なにこれっ……んくぅんんっ♪　さっきまでと、全然違うっ……ひぅっ、ふぁっ……あっ、ん～～っ♪」

脚の付け根から上のほうへと尻肉を持ち上げるたび、締めつけから解放された柔らかな感触が手のひら全体に伝わってくる。

「ふぁ……はぁっ♪　太陽の手って、ゴツゴツしててぇ……ん、ふぅ……逞しいっ、感じだよね……お尻にっ、ぐいぐい食い込んできてぇ……んぁっ、あぁっ♪　気持ちいいから……もっと強くっ、していいよぉ♪」

それならと、すくい上げる動きからお尻全体を掴んで根元を親指で強く扱く。

「あっ、やぁああっ♪　あぁああんっ♪　お尻そんなにっ、掴んじゃっ……んくぅんんっ♪　あたしのお尻にっ、太陽のぉっ……指の跡がついちゃうっ……んん～～～～っ♪」

　お尻に力を入れて感じる地歩に、手の動きがどんどん大胆になっていく。

　もはやマッサージというより、夢中になって太陽は地歩のお尻を揉んでいく。

「ちょっと太陽っ……お尻ばっかりっ、揉みすぎだってぇ……♪」

「だってっ……ちー姉の反応が可愛いからっ……！」

「んんっ⁉　どさくさに紛れてっ……可愛いとかっ、言わないのぉ……普段からっ、言えない言葉なんてぇ……価値っ、ないんだからぁ……♪」

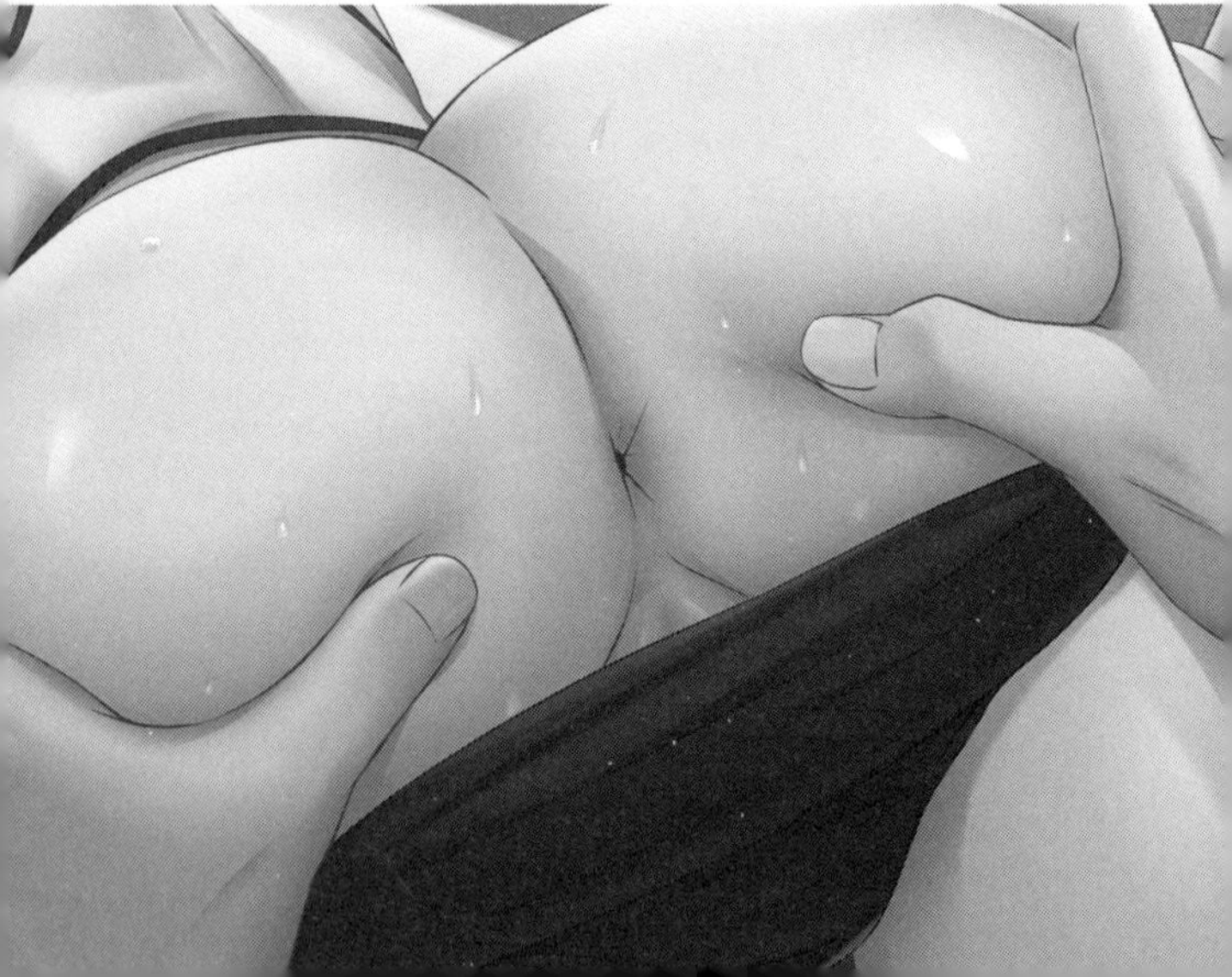

「可愛いくらいっ……普段から言えるようになってみせるってっ！」

　意気込みを示すように、太陽は力強く地歩の尻肉を揉みしだく。

「あはっ♪　格好いいこと言ってぇ……じゃあ、待ってるからねっ……ホントに期待してるからぁ……んっ、ふぁ……はぁああんっ♪」

　そして脚の付け根が充分にほぐれると、地歩は長椅子の上で火照ったお尻を突き上げたまま甘くとろけた吐息を漏らす。

「はぁ～……疲れも取れて、体が楽になったかもぉ……♪」

「ホント？　効果があったなら、よかったけど……」

「やっぱり、あたしのお尻をよく見てるからじゃない。ということで、これから太陽はあたし専属のマッサージ係ね。言っとくけど拒否権はなし♪」

「専属って……お尻専属のマッサージ係？」

「もうっ。そうじゃなくて、あたし専属って意味。もちろん、お尻も気持ちよかったから揉みたかったら揉んでもいいけどね♪」

頬を染めながらもニッコリと笑顔を浮かべ、しかしすぐに耳元で囁くように言ってくる。

「太陽……今日はマッサージありがとね♪　そう言えばさ……まだ今日は、太陽のこと甘えさせてないよね？」

心のどこかで期待していた言葉に、思わずドキッとしてしまう。

「ねぇ。お姉ちゃんとこのまま……エッチなことしちゃおっか？」

「で、でも……ここ部室だよ？」

「ふふ♪　して欲しいって素直に言えない太陽も可愛い♪」

「うぅ……ごめん……」

すっかり心を見透かされ、太陽は顔を真っ赤にする。

そんな弟に、地歩は起き上がると隣に座って優しい眼差しを向ける。

「うんうん。まだまだ甘えるのが下手だもんね。これから上手になっていこうね。それまでは……あたしが手取り足取り甘え方を教えてあげる♪」

上着をブラごと脱ぐと地歩は背中を弟に預け、その手を胸へと導いていく。

「ほ〜ら、今度はおっぱいを好きなだけマッサージしていいよ♪」

弟の手のひらをブラのように自分の胸にあてがうと、そのまま一緒に揉み始める。

「んっ、ふぁぁ……どう？　なかなかの揉み応えでしょ？」

「う、うん。おっぱいって……やっぱりすごい……」

思いっきり鷲掴みにすると、お尻以上に形を変えて指が深く沈み込む。

「んんっ……こういうのっ……やっぱり好きなの？」

「そんなの好きに決まってるよ！」

手のひらでぽよんぽよんと姉の乳房を何度も揺らし、夢中でおっぱいを揉みしだく。

いつまでも触っていたい感触に無言で手を動かし続ける。

「太陽の触り方っ……なんて言うか、すっごく童貞って感じがするね♪」

「ど、童貞じゃねーし！」

「でも、自分だけ楽しんでるって感じだしぃ……こんなテクニックじゃ、童貞と変わらないって言われても仕方ないよね？」

「うっ……それは、そうかもしれないけど……」

痛いところを指摘され、手の動きが自然と大人しくなっていく。

「あ、でもさ……べつに嫌いってわけじゃないんだよ？　テクニックとかは全然だけど、揉みたくて仕方ないって感じで……ぎゅうって求められるのって、すっごくエッチで……もっとして欲しいって思っちゃうしね」

太陽の手に自分の胸を押しつけて、地歩がもっとしてと催促してくる。

「わかった……じゃあ、もっとするよ」

火照ってとろけるふたつの果実を、太陽はさらに求めて揉んでいく。

「あっ、んぁっ……いいよぉ♪　そうっ、その調子ぃっ……もっとおっぱい好きにしてぇ……あぁあんっ♪　指が胸に食い込んでぇ……あたしの胸っ、揉みくちゃにされちゃってるぅ……太陽の手で遊ばれてるよぉ♪」

乳房の柔らかさとは対照的に姉の乳首がだんだん硬くなっていく。

その姿に太陽の股間も熱くなって、ズボンに大きなテントができる。

「やぁぁ♪　あたしのお尻にっ、太陽のが当たってるぅ♪」

「だってっ……お尻も触ってたし、ちー姉のおっぱいだってこんなに気持ちよくてっ……」

もっと姉の体を感じたくて、手の動きがますます激しくなっていく。

「じゃあ、この硬くなったオチンポでぇ……あたしともセックスしてみる？」

「えっ？　ちー姉と……？」

手の動きが思わず止まってペニスが完全に勃起する。

「だって、空とセックスしたんでしょ？　だったらさ、ついでにあたしともしとかない？それとも太陽は、あたしとはできない理由でもあるの？」

「…………」

地歩とセックス、地歩とセックス……地歩とセックス！

魅惑的すぎる提案に、頭が一瞬でオーバーヒートを起こす。

「もう、なに黙ってるのよ。あ、そっかー、あたしじゃ性欲が湧かないんだ。そうだよね。あたしって、ちょっとおっぱいが大きくて脚がすらっとしてるだけの可愛いくらいしか取り柄のない年上の女の子だもんね。その程度じゃ、抱きたくなくても当然だよね」

「いや、そんなことっ――」

「それにあたし、ごちゃごちゃ考えるのって嫌いなんだよね。太陽は、あたしとセックス……したいの？　したくないの？」

「し、したいですっ！　俺、ちー姉とめちゃくちゃセックスしたいっ！」

この機会を逃すなと、オスの本能全開で太陽は姉に答える。

「あはっ♪　やっと言ってくれたね。もう、うちの王子様をその気にさせるのは大変なんだから。でもそのぶん、落としがいがあるけどね♪」

地歩が後ろ手に太陽のペニスを取り出し、軽く腰を持ち上げて、期待に膨れ上がった弟の先端を自分の入り口に押し当てる。

「ん、はぁ……ほら、ここに……お姉ちゃんのオマンコに、弟チンポ入れるんだよ？」

弟ペニスに地歩が自分の蜜をたっぷりとかけていく。

「ここが、お姉ちゃんの一番大切なところ。一番気持ちいいところ……だからね♪」

ゆっくり地歩が腰を落として、弟の肉棒を蜜壷の中へと入れていく。

「入ってっ、来るぅっ……弟チンポっ、あたしにっ……んはぁあああんっ♪」

亀頭が狭い膣を押し広げながら地歩の奥へと進んでいく。

膣襞に強く扱かれ、カリがジンジン熱く痺れて太陽は歯を食いしばって耐え続ける。

「やんっ♪　こ、こらぁ……勝手にびくんびくんって跳ねさせないのっ♪」

「そんなことっ……言ってもっ……」

根元まで全部入ったものの、ぎゅうっと絡みついてくる熱い膣襞と姉とセックスしている現実に腰が勝手に動こうとする。

「んくっ、あぁぁ……入っちゃったね、弟チンポ♪　ねぇ、どう？　お姉ちゃんの処女オマンコを、エロエロチンポで犯してみた感想は？」

「そ、そういう言い方しないでよっ……」

「でもさ……いくら甘えるって言っても、やっぱり生エッチはやりすぎじゃない？　こんなに大きく硬くしてぇ……あっ、もしかしてお姉ちゃんのこと孕ませるつもりだった？」

「孕ませるって……そ、そんなことないし！　ていうか、生で入れたのそっちだし！」

「当ったり前じゃん♪　あのね、エッチは生が一番気持ちいいんだから……甘えさせてあげるなら生エッチに決まってるでしょ♪　んっ、んんっ♪」

膣全体を締めつけて、地歩が弟ペニスを抱きしめる。

「これがぁ……太陽のオチンポなんだぁ……熱くて、すごくおっきいよぉ……あぁんっ♪ また、びくびくって震えてる♪ 結構いいね、弟チンポ♪」

「くっ、んんっ……！」

無数の舌で味わうように膣襞が縦横無尽にペニスをねっとり舐め回す。

「はぁああんっ♪ オチンポっ、すっごいガッチガチ♪ ほらぁ、動いてもいいんだよ？」

「でもっ……今動いたら、我慢できなくなっちゃいそうっ……」

入れてるだけでも敏感な部分を膣襞に強く扱かれ、快感が否応なく高まり続ける。

「我慢なんてしなくていいの。あたしはっ、甘えさせたいんだからっ……ほらほらぁっ♪ お姉ちゃんの濡れ濡れオマンコっ、好きに使ってっ……太陽がしたいようにっ……気持ちいいことっ、全部しようよっ♪」

太陽の代わりに腰を前後に動かして、地歩がペニスを何度も何度も扱いてくる。

「もっ……もう無理ッ！」

裏筋が強く擦れて、快楽を貪りたい衝動に腰が勝手に動きだす。

「あっ、ああっ！ すごいぃっ、一気にっ……んくぅんんっ！ オチンポ来たぁああっ♪ あぁあんっ！ そんな奥までっ……はぁああんっ！ いいよぉおおっ♪」

たがが外れたみたいに太陽は、腰をひたすら振りまくる。

「あぁあぁあんっ！　なんでぇっ……あたしと初めてっ、エッチするのにっ……いいとこばっかり当たってて っ……やぁあぁあんっ！　はぁあぁあぁあっ、んんん～～～～っ♪」

快感を堪えようと地歩の体に力が入る。

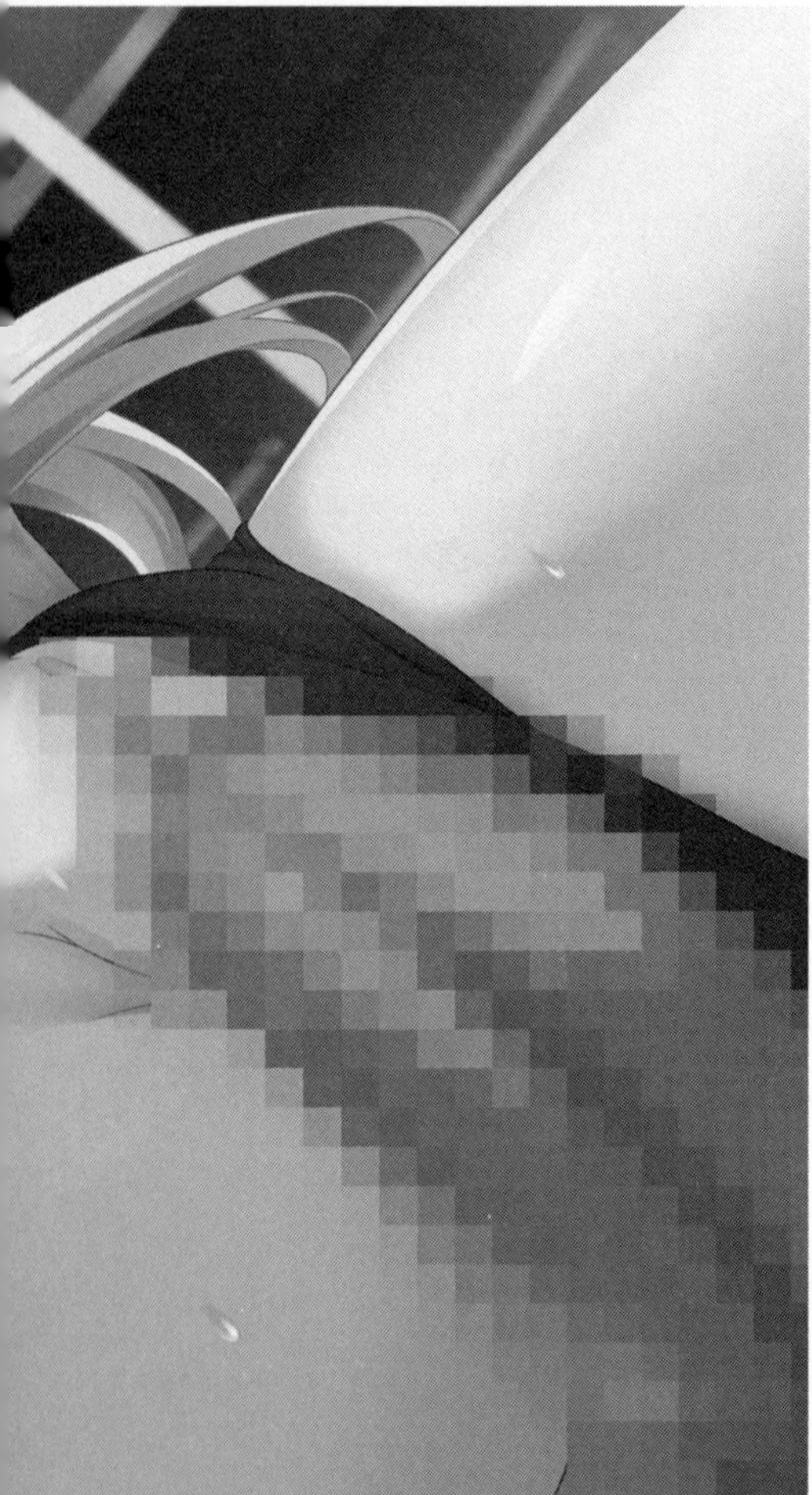

膣がきつく締まって、それでも腰は動き続け、カリを襲う燃えるような快感に太陽は歯を食いしばって耐え続ける。

「やっ、だぁっ……どこでっ、こんなっ……突き方覚えてきたのよぉっ……こんなのっ……んぁあああんっ！　エロすぎっ、だってばっ……オマンコっ、気持ちよすぎるよぉっ♪」

「どこでって……俺は、ただ夢中でっ……」

「自然にこんなっ、腰使いできるならぁ……そのほうがっ、めちゃくちゃエロいよっ……んくぅんんっ！　あっ、あんっ！　なによぉ……弟のくせに、なかなかヤルじゃない♪」

「でも俺ッ……そろそろッ……！」

裏筋がジンジン痺れて、腰が勝手にペニスを奥へと突き入れる。

「んぁあああんっ！　こっ、こらぁっ……そこはっ、んんっ！　やぁっ……初めてなのにっ……弟チンポがっ、一番奥まで届いてるぅううっ♪」

子宮口に亀頭がコツコツ当たるたび、膣口がきゅうきゅうペニスを締めつける。

「はぁああんっ♪　お腹の奥ぅ……そんなにしたらっ、だめだってぇ……あっ、ああっ！　だめだめっ……こんなのっ、あたしも我慢できないっ……やぁああんっ！　あたしっ……童貞チンポでイカされちゃうよぉおおおっ♪」

「俺はッ……童貞じゃないってばッ！」

「でもでもっ、あたしとするのは初めてでしょ？　だからっ……はぁああんっ！　童貞ってことでいいでしょっ……んくぅんんっ！　童貞チンポっ、あたしと一緒にイカせちゃうからっ……はぁっ、ああっ！　んんん〜〜〜〜〜っ♪」

腰をガクガク震わせながら膣全体がペニスを一生懸命に締めつける。

それでも腰は動き続け、射精に向けて地歩の奥までペニスを何度も突き入れる。

「もうイクッ……イクからッ！」

「いいよっ、来てぇえええっ！　あたしもっ、もうイクっ……イッちゃいそうなのっ……はぁああんっ！　あぁあああっ！　イクイクっ……イッくぅうううううっ‼」

地歩が絶頂した瞬間、腰が跳ねてペニスが中からにゅるんと抜ける。

「んんっ、やぁ♪　熱いのいっぱいかかってるぅ♪　すっごい、びゅくびゅく出てるよぉ……んぁあああんっ♪　はぁあんっ♪　もうっ……どんだけ出すのよぉ？　こんなにかけられたらぁ……あたし、イッてる最中なのにぃ……だめっ、またっ……んんん〜〜〜〜っ♪」

おっぱいもオマンコも白濁に染められながら、地歩が再び体を大きく跳ねさせる。

「はぁぁ……気持ち、よかったぁ……太陽が、こんなに感じさせてくれるなんて思わなかったよぉ……ヤるの初めてだから、もっとぐだぐだになるかなーって思ったけど……ふふっ、結構やるじゃない♪　あ、もしかして沙月に仕込まれちゃった？」

「そんな……仕込まれるほどやってないよ」

精液を一滴残らず出し切って、太陽はヘトヘトになりながら答える。

「だよねぇ。最後は、すっぽ抜けて外に出ちゃったもんね。それで太陽、どうだった？　お姉ちゃんに自分の精液ぶっかけて、どろどろにした感想は？」

太陽に体を預けながら地歩が楽しそうに聞いてくる。

「すっごく気持ちよかった。最高だった」

「ふーん。お姉ちゃんでぶっかけの味を覚えるなんて、いけない弟くんだね。じゃあ、次は……お姉ちゃんで中出しの味を覚えさせてあげる♪」

地歩の言葉に股間の息子がビクンと跳ねる。

しかし、それ以上は体が動かず、太陽は後ろから姉をそっと抱きしめた。

●大地と太陽

「みんな知ってのとおり、とうとう一年で最も熱い季節がやってきたわ。そう。我らが陸上部の季節、体育祭がやって来たのよ！」

放課後の部室で、部員たちを前に地歩が高らかに宣言する。

春も終わり季節は夏を迎えていた。

地歩の専属マッサージ係として、マネージャー見習いのようなことをしていた太陽は、後ろのほうでその様子を眺める。

「もちろん陸上部員としての誇りを胸に、各クラスで八面六臂《はちめんろっぴ》の活躍を見せて欲しいけど……言わずもがな！　陸上部として部活対抗リレーは絶対に負けられない！　当然だよね？　この学園の創立以来、対抗リレーでトップを守り通してきたんだもん」

部員たちを見回して、地歩は主将として話を続ける。

「一度もトップの座から転げ落ちたことがないの。ただの一度もだよ。その伝統をあたしたちで止めるわけにはいかないよね？　その歴史の重み……みんなら、ちゃんと受け止められるよね？」

部員たちのピリピリとした空気が太陽にも伝わってくる。

体育祭とは別に、大会へ向けても激しい練習をしてきた部員たち。

弱音を吐き、多少ケガをしながらも、彼らは陸上部員として頑張ってきた。

「というわけで、我が陸上部の必勝を期すために、これから体育祭当日まで対抗リレーのための特別メニューを追加しようと思うんだけど……もちろん、いいよね！　みんな陸上部だもん、もう魂に火は点いてるよね！」

「…………………」

地歩の提案に異を唱えるものは誰もいない。

ただ、その表情は喜んでいるとは太陽には到底思えなかった。

地歩と部員たちの間に明らかな温度差がある。

そのことに太陽が不安を覚えていると、

「い、いいですね！」

「私たちも、そう思ってたんです！」

「是非しましょう！」

女子部員の一部から賛同の声が上がる。

ほかの部員たちは信じられないという表情で彼女たちを見つめるが、地歩は気合いが入りすぎて周りが見えていないのか、待ってましたとばかりに明るい笑みを浮かべる。

「ありがとう！　みんなならそう言ってくれると思ってた。じゃあ、早速練習メニューを見直すね。とびっきりのつくってくるから、楽しみに待っててね！」

こうしてミーティングは終わり、口数少なく部室を出ていく部員たちを見ながら、太陽は嫌な予感が大きくなっていくのを感じていた。

◇

「これは……想像以上に酷いですね」

昼休みの部室で、太陽は陸上部のマネージャーから聞いた報告に愕然としていた。

地歩が体育祭用の特別メニューを言い出してから数日後。

太陽の不安は見事に的中した。

退部をほのめかしているクラスメイトの陸上部員。

それが一人ではないことを知った太陽は、すぐさま陸上部のマネージャーに相談した。

すると、すでにマネージャーも動いており、部員たちへの聞き取り調査の結果、体育祭用の特別メニューが実施された場合、『部員のおよそ三分の一が辞める』という恐るべき結果が出てしまった。

「なんとかして、みんなの考えを変えないと……」

下手したら陸上部が崩壊してしまう。

そんなことになったら体育祭での連覇はもちろん、地歩の責任問題にもなりかねない。

「俺が……説得してみます」

姉の悲しむ顔を想像して太陽は決意する。

「説得って……部員のみんなを説得するの？」

心配そうなマネージャーに太陽は首を振る。

「いえ、説得するのは姉のほうです」

マネージャーが驚き、しかし太陽の真剣な顔に彼女はすがるようにその手を握る。

「お願い……してもいい？」

「できるだけのことはしてみます」

陸上部の——そして地歩のピンチに太陽は動きだした。

◇

「急に呼び出してどうしたの？　大切な用事があるとか言ってたけど」

「うん。ちー姉、少し俺の話を聞いて欲しいんだ」

陸上部崩壊の危機を知った日の放課後。

太陽は早速、姉の教室へと足を運んでいた。

地歩と自分しかいない教室で、太陽は深呼吸すると事実を素直に姉へと話す。

そして、すべてを聞き終わると地歩はがっくり肩を落としていた。

「はぁ……あたし、主将に向いてないのかも……」

「違うよっ！　ちー姉が主将に向いてないなんて、絶対にそんなことないよっ！」

「!?　太陽……？」

いきなり大声を出してしまい太陽は自分でも驚いていた。

しかし、一度走り出した気持ちは止まらない。

「これまでみんな、ちー姉についてきたじゃないか。それは、ちー姉のことを本当は信じたくて、ついていきたくて……ちー姉が、みんなの憧れだからだよ。ちー姉のいいところ、いっぱい知ってるからだよ。だからこそ余計に、みんな苦しくて……でも！　本当は、これからだって……みんな、ちー姉と走りたいって思ってるはずだよ！」

地歩の肩を掴んで、その目を真っ直ぐ見て続ける。

「ちー姉、諦めないでよ。そんなの俺の好きなちー姉じゃないよ。俺も協力するし、マネージャーも協力してくれるって言ってる。だから、もう一回頑張ってみようよ！」

肩を掴む手はこんなに力強いのに、太陽は泣きそうな顔をしている。

そんな弟の頭を撫でながら、地歩は優しい瞳で目の前の男の子を見つめる。

「そっか……ありがと、太陽……やっぱり太陽は人を見る目があるね。部員のこと、そんなに見てくれてて……もちろん、あたしのことも……」

「ちー姉……」

「まったく……甘えさせてあげるって言ったのに、あたしがこの体《てい》たらくじゃダメだよね。心配かけてごめん。あたし諦めないよ。だって、太陽が好きな自分でいたいもん。だから太陽……あたしと一緒に練習メニュー考えてくれる？」

地歩の顔が近づいて、お互いの額がコツンと軽く触れ合う。

キスができそうな距離。

でも太陽の心は穏やかな海のようで、

「うん。もちろんだよ、ちー姉」

そう答える弟に、地歩はとびきりの笑顔を見せた。

◇

「ちー姉……なんとか完成したね」

太陽はひと息つくと椅子の背にもたれかかる。

窓の外はすでに暗く、横並びで付き合わせた机の上には部員全員分の新しい練習メニューが積まれていた。

隣の地歩も少し疲れた様子で、しかし、その表情は完走したあとのように清々《すがすが》しかった。

「太陽が部員たちのこと、一人一人よく見ててくれたからね。もしかしたら太陽ってマネージャーの才能があるのかも♪」

「そ、そうかな……暇だったから、なんとなく見てただけだけど……でもこれで、やれることはやったね。あとは、みんなが退部を考え直してくれればいいんだけど……」

「それはばっかりは、なるようにしかならないよ。でも、きっと……ううん。これなら絶対うまくいくよ。だって、太陽とあたしが一緒に頑張ったんだもん♪」

明るく笑う地歩に、太陽も自然とそんな気がしてくる。

「今日はホントにありがとね。それで、えっと……太陽に、お礼がしたいんだけど……」

「そんな、お礼なんて大げさだよ。ちー姉だって頑張ったしさ。ほら、外も暗いし月姉と空姉も心配するから、そろそろ帰ろうよ」

「………」

地歩が無言で、じーっと太陽の顔を覗き込む。

「あれ？　なんか俺、変なこと言った？」

「真面目かっ！！！！！！！！」

太陽の頭に勢いよくチョップが落ちる。

「あのねぇ、女の子が二人っきりでお礼したいって言ってるの。それがどういう意味なのか、よーく考えてみて？　わかるでしょ？　わからないわけないよね？」

「え？　えっと……あっ！　もしかして、そういう――」

「もうっ！　そういうことだよっ♪　ちゅっ、んちゅ、ちゅぅ……♪」

いきなり唇を奪われ、そのまま何度もついばまれる。

柔らかい感触と甘い吐息に、太陽も地歩を求めてキスを返す。

互いの吐息を交換し、舌を絡めて唾液を口の中で混ぜ合わせる。

そして二人は息継ぎをするように口を離す。

「ふふ♪　顔、とろけちゃって情けない顔になってるよ♪」

「そっちだって……かなりとろけてるじゃないか」

「だって気持ちいいんだもん♪」

地歩が体を近づけて、その大きな膨らみが太陽の体に押しつけられる。

姉の興奮が太陽にも伝わって、ますます鼓動が速くなる。

「あのね、なんかわかっちゃったかも……あたしって、太陽がいないとダメみたい」

しなだれかかってきた姉の体は、いつもより小さくて儚《はかな》げにすら感じてしまう。

「今回のことだって……あたし一人じゃ気付かないまま、ずっと暴走してたと思う。だから……誰よりも近くにいてくれてありがとう、太陽♪　ちゅっ♪」

「────ッ！！！！」

「もうっ。顔真っ赤にしちゃって……ほっぺにキスしたくらいで、なに照れてるの？」

「照れるって！　だ、だって急に、そんな……」

「慌てないの。いい、太陽？　お姉ちゃんが、せっかく勇気出して弱気なところ見せたんだから……太陽は、ずっとそばにいてやるって言えばいいの」

沸騰する頭の中に姉の言葉がとけていく。

「お、俺は……」

ここまでされて何も言わないなんて選択肢はない。

口の中がカラカラになりながら、太陽は想いを込めて期待に応える。

「俺は、ずっとちー姉のそばにいるよ。いつだって俺は、ちー姉の味方だから……だから、その……いつでも俺を頼って欲しい」

「…………」

時が止まったように地歩は太陽を見つめ続ける。

「えっと……違ったかな？　もしかして、また俺……騙された？」

すると地歩は温かな眼差しを向けながら首を振る。

「ううん、騙してないよ。でも、ちょっと格好よすぎかな……俺のそばにいろだなんて……えへへ♪　さすがに、ちょっと恥ずかしいよ」

「い、言えって言うから言ったのに！」

「想像より格好いいのが悪いの、ばか♪　そんな顔見せられちゃったら、あたし……」

俯いて地歩が再び黙り込む。

その顔は耳の先まで真っ赤だった。

「ちー姉？」

「う、うるさい！　ちょっと黙ってて！　ちゅっ、んんっ、ちゅぷれるっ……」

「んんっ⁉」

体を押しつける強引なキス。

でも、すぐにそれは優しい愛撫へと変わり、当たるおっぱいの感触と合わさって太陽をどうしようもなく興奮させる。

「ねぇ、もっと太陽が欲しいよ。ほら、舌出して♪　あたしと、もっとエッチなキスしよう♪　気持ちいいこと、いっぱいしようっ♪」

地歩の手が股間に伸びて、すでにパンパンになったズボンから熱いペニスを取り出す。

「太陽も、もっと気持ちよくなりたいよね。お姉ちゃんに全部任せていいからね。ここ……この出っ張ったところ、シコシコされるの好きだよね？　ほら、いっぱい擦ってあげる♪

んちゅっ、れるぅっ……あたしで気持ちよくなってっ♪」

　地歩の舌が太陽の口内を舐め回し、細い指がカリを情熱的に責めてくる。

「ちー姉ッ……それヤバいって……ッ！」

　亀頭がジンジン痺れだし、我慢したいのに地歩のキスでうまく力が入らない。

「うん、全部わかるよ。もうイキそうなんでしょ？　オチンポぴくぴく～って可愛くなってきたもんね♪　ねぇ、どうしたい？　このカチカチになったオチンチン♪」

「お願いっ……待ってて……」

「それはダメ♪　エッチなお汁も溢れてきたし……このままオチンポ、イカせちゃうからっ♪　ちゅりゅれるっ、んちゅんちゅっ♪　ほらほらっ、イッちゃえっ♪　ちゅぷっ、んちゅっ、れりゅりゅうううっ♪」

「んぷっ……そんなッ……！」

　指の輪っかでペニスを締めつけ、カリと同時に裏筋も強く激しく扱かれる。

　溢れる我慢汁で指の動きが加速して、地歩はおっぱいを押しつけながら弟の口内へと舌と一緒に自分の唾液を流し込む。

「んんんんッ！　んんーーーーーーーッ！！！」

　上も下も姉の気持ちよさでいっぱいになって、太陽は我慢できずに射精した。

「あはっ♪　出た出たっ♪　やぁあんっ♪　ずいぶん派手にイッちゃったね。射精する太

陽の顔も可愛いっ♪　ねぇ、そんなにお姉ちゃんのキス手コキ、気持ちよかったの？」

「はぁ、はぁ……最高に、気持ちよかった……」

「そうだよね。キスって、なんかエロいもんね。あたしも好きかも……んっ、ちゅぷっ♪」

　ぬるぬるの手でペニスを優しく撫でながら、地歩が楽しげにキスをする。

「ねぇ……まだ太陽のバッキバッキに硬いままだね。まだまだエロいことし足りない？」

「うん。し足りない……俺、ちー姉と……もっとエロいことしたいよ」

「うれしい♪　ようやく素直になってくれたね。てか、あたしだってキスだけじゃ終われないもん。だから、ね……今度はお姉ちゃんのオマンコで甘えよ♪　今のであたしのオマンコ準備できてるから、今入れたら間違いなくすっごく気持ちよくなれるよ♪」

「ごくっ……すっごく気持ちよく……」

「あっ。今、唾飲み込む音すっごい聞こえた♪　お姉ちゃんのとろとろオマンコ想像して、オチンポ入れたくなっちゃったんだ？」

「そんなの入れたくなるに決まってるよ。てか、絶対に入れるから！」

「やぁんっ♪　太陽ってばエロいんだぁ……いいよ。二人で一緒に気持ちよくなろうね♪」

地歩は立ち上がるとスカートの下から手を入れて下着を脱ぐ。

その股布部分は透けるほどぐっしょりと濡れ、それを丸めて畳むと今度は上着をはだけてブラジャーを脱ぎ去る。

「なんか、じっと見られてると恥ずかしいね。でも、太陽のオチンポは喜んでくれてるみたい♪　ほら、太陽……お姉ちゃんがしてあげるから、そこに寝て」

太陽を床に寝かせると、その上に地歩がスカートをまくって跨がってくる。

「わかる？　お姉ちゃんのオマンコ……太陽とのセックス期待して、こんなに濡れちゃってるんだよ。これから、このガッチガチになったオチンポで、キスよりも手コキよりも、もっとエロくて気持ちいいことしちゃうんだよ？」

姉の割れ目からとろとろと愛液が溢れ出し、亀頭に幾筋も垂れていく。

「あはっ♪　太陽、すっごくエロい顔してる♪　そんなに生エッチしたいんだ？」

「生エッチ……ち、ちー姉っ……俺っ、もう我慢できないよっ！」

「慌てなくても大丈夫。あたしも我慢できないから♪　入れるよ……んぁ、あぁ……♪」

蜜の滴る割れ目を押し広げ、亀頭が地歩の中へとにゅるりとゆっくり入っていく。

「ほらぁ、太陽っ……太陽のが気持ちいいとこ入っちゃうよっ……あ、んんっ……チンポ、無理矢理入ってくるぅ……いいよぉ♪　この広げられる感じ大好きっ♪」

愛液を溢れさせながらペニスが根元までずっぽり入る。

「あぁあんっ♪　すっごくおっきいよぉ……中でビクビク震えて……あっ、やんっ♪　太陽のエロチンポっ、お姉ちゃんを犯す気満々なんだからぁ♪」

「くっ、ううっ……ちー姉のほうがエロすぎるよ！」

ぬるぬるの膣襞にペニスの至るところを舐められて、むしろ太陽のほうが姉の与える快感に犯されている気分になる。

「なぁに？　それって、お姉ちゃんがエロすぎるからオチンポこんなになったってこと？」

「そうだよっ……ちー姉とできるって思ったら幸せすぎて、俺っ……もう、どうにかなりそうなんだよっ！」

「だったら、どうにかなっちゃえっ♪　んっ、あんっ……ほらほらっ♪」

膣口を締めたまま地歩が腰を動かし始める。

「んくぅんんっ♪　やっ、やぁっ……オチンポっ、中で暴れてるっ……素直で感じやすいんだからぁ……そういうところっ、好きだよ♪　んぁあぁんっ♪」

熱い気持ちを伝えるように、地歩の膣がペニスをぎゅうっと抱きしめる。

「お姉ちゃんを犯そうとするっ、そんな悪いオチンポはぁ……お姉ちゃんのオマンコでっ……いっぱいいっぱいにゅるにゅるしてぇ……じ～っくりっ、イジメちゃうんだからぁ♪」

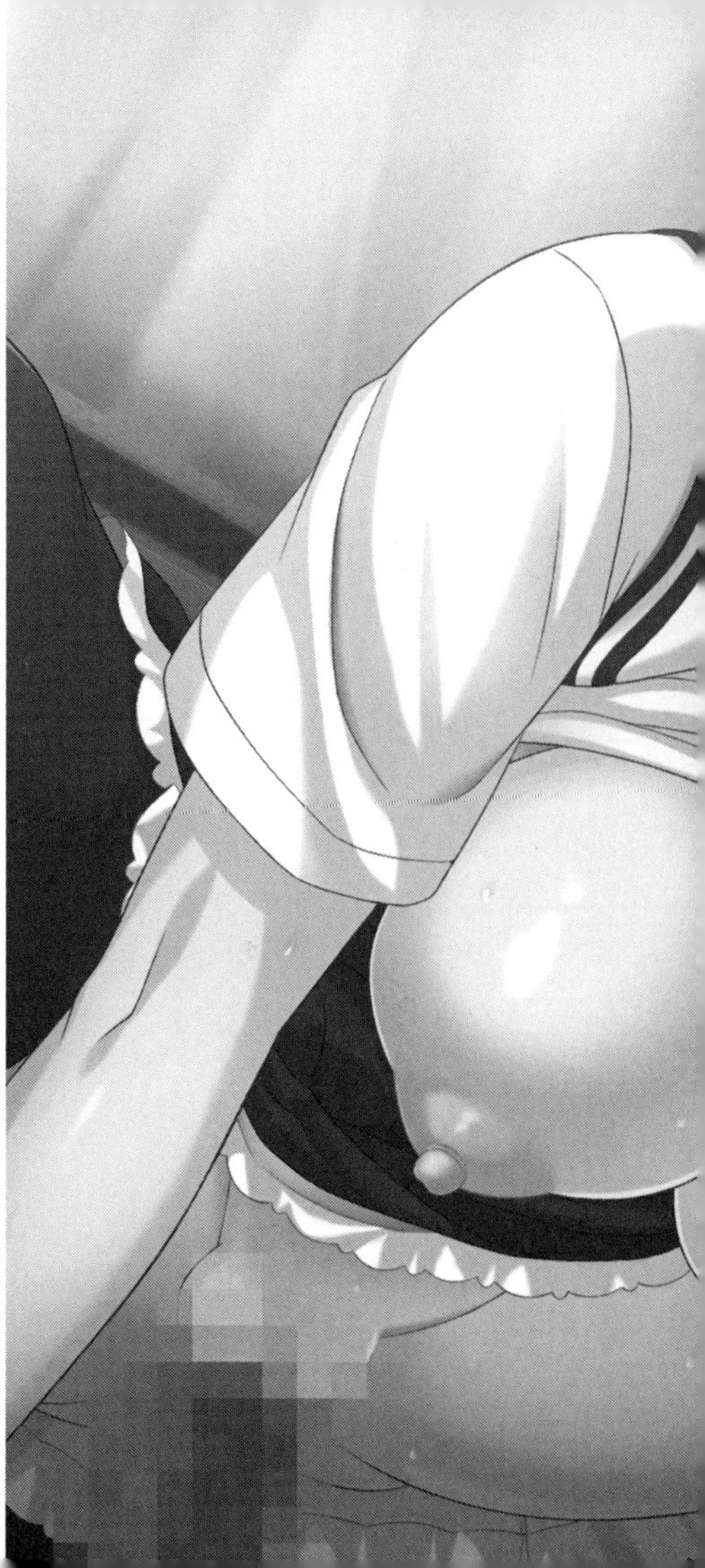

地歩の腰が上下するたびペニスが熱く溶かされて、ぬちゅぬちゅと粘着質な音が響く。

「はぁっ、んんっ♪　これっ、すごいよぉ……オマンコの中っ、無理矢理入ってくるみたいっ……んぁあああんっ♪　いいよぉ♪　これっ、腰が止まらなくなっちゃうよぉ♪」

だんだんと腰の動きが助走から本気モードになっていく。

きつい膣口が力強く裏筋を扱き上げ、無数の膣襞が亀頭に熱くまとわりついてくる。

「俺もっ……我慢できないよっ！」

こみ上げる衝動のままに太陽が腰を大きく突き上げる。

「あゃああんっ♪　こらぁっ……急に突いたらっ……だめっ、だってぇっ♪」

地歩の腰がガクガク震え、膣がしがみつくようにペニスを強く締めつける。

電気のような快感が亀頭から脳天まで走り抜け、それでも太陽は歯を食いしばって動きの止まった姉の中を無我夢中で突き上げる。

「んんっ！　ああっ！　いきなりっ、こんな突き方してぇ……太陽ったらっ、いつのまにかエッチがうまくなってるぅっ……一生懸命っ、あたしのオマンコ突き上げてぇっ……はぁあんっ♪　すっごくっ、それいいよぉ……もっと奥までっ、もっと突いてぇっ♪」

「奥だねっ……わかったっ！」

腰を思いっきり突き上げて姉の奥を突きまくる。

「あぁあああっ！　それいいっ、すごいよぉっ……奥から熱いの溢れてきちゃうっ……

あたしのオマンコっ、弟チンポで溶かされるぅっ♪　弟専用マンコになっちゃうっ♪」

「そんなこと言われたらッ……！」

もっとしてと言わんばかりに地歩も腰を再び動かす。

二人の動きが合わさって、パンパンと大きな音が夜の教室に響き渡る。

「あぁあああんっ♪　これぇっ、ホントにすっごく気持ちいいよぉ……チンポの先がぐりぐりってぇ、届いちゃダメなところまでぇ……ふぁああああんっ♪　こんなのオマンコ幸せすぎてぇっ……すぐにイッちゃうっ♪　イッちゃうからぁああああっ♪」

地歩の腰が痙攣し始め、膣が激しくうねってペニスを搾り上げてくる。

「イキたいッ……俺もっ、ちー姉の中でイキたいよッ！」

「出してっ、出してぇっ♪　このまま中にぃっ……お姉ちゃんで中出しの味っ、覚えさせてあげるってぇっ……前に約束したからぁっ♪」

膣を締めつけたまま腰を下ろし、地歩が子宮口を亀頭にぐりぐり押しつける。

「ここだよっ、太陽っ♪　お姉ちゃんのここに出してぇっ……あはぁあんっ！　もうイクっ……イクよっ、太陽っ……イクイクっ……イッくぅうううううっ!!」

「ああッ！　俺も出るッ……!!」

地歩にペニスを抱きしめられたまま、子宮口の奥へと衝動をぶちまける。

「はぁあああんっ♪　出てるよっ、奥にぃ……いっぱいびゅびゅーって熱いの出てるぅ……

子宮に精液っ、染み込んでるぅ……ほらっ、もっとぉ……遠慮しないで一滴残さずっ、全部お姉ちゃんに出しちゃえっ♪　出しちゃえっ♪」

そしてすべてを搾り取ると、ペニスは萎んで結合部からどろりと精液が溢れ出る。

「はぁぁ……たくさん注がれちゃったぁ♪　見てぇ、ゼリーみたいにぷるぷるしてる。こんなに濃厚なの中出しされたら……お姉ちゃん、孕んじゃったかもしれないね♪」

「…………………」

姉の妊娠姿を想像してペニスが再び熱くなる。

「あはっ♪　チンポがむくむくし始めてるよ？　もしかして無責任中出しが好み？」

「ち、違うって！　そういうことになったら、その……ちゃんと責任はとるよ！」

「も、もうっ……そんなの冗談に決まってるでしょ？　真面目に答えないでよね、ばか♪」

お互いに顔を真っ赤にして、二人は気まずそうに視線を逸らす。

「でも、それなら……もしものときは責任とってもらっちゃおうかな……♪」

嬉しそうな地歩の声に、太陽の顔は耳の先まで真っ赤になった。

◇

翌日、地歩は部員たちに自分の考えを押しつけたことを謝った。

太陽と考えた新しい練習メニューはマネージャーも感心するほどのできで、部員たちも快く受け入れてくれた。

その結果、退部を希望する部員はいなくなり、陸上部と地歩のピンチを乗り越えた太陽は、ほっと胸を撫で下ろした。

●体育祭の夜

「太陽っ、お願いっ！」

「お疲れさま！ 月姉、あとは任せて！」

黒いドレス姿でトラックを走ってきた沙月が太陽にバトンを渡す。

体育祭当日。

冥星学園の名物競技『ミックスリレー』に、太陽は沙月の頼みで生徒会臨時メンバーとして参加していた。

百メートルごとに障害物、借り物、パン食いなどのリレー種目が書かれたカードを引き、そのルールで走る委員会・部活対抗リレー。

トップは陸上部で、最終走者の地歩は借り物の水着姿で独走状態。

そして、帰宅部として空も同じく借り物のメイド姿で最後尾近くを走っていた。

太陽はコース横に設置された箱から種目カードを引く。

「に、二人三脚っ⁉」

周囲を見回すが、そもそも陰キャの太陽には頼めるような友達がいない。

生徒会メンバーも自分が出る競技以外は運営で忙しく、陸上部員はそもそも対戦相手だから論外。空も同じ競技に参加中。

「つ、詰んだ……」

「カード、見るわよ」

すると、いつの間に戻ってきたのか沙月が太陽の手からカードを取る。

「よかった。これなら私でも力になれるわね。行くわよ、太陽」

ドレス姿のまま沙月は太陽の隣に並ぶ。

「え？　いいの？　月姉、走り終わったばかりなのに……」

「太陽と一緒に走れるならこの程度、疲れているうちに入らないわよ♪」

胸を張って頼もしい笑みを浮かべる沙月は、まるで女神のようだった。

「ありがとう、月姉！」

早速、用意された紐で足首を結ぶと、二人は息を合わせて走り出す。

「いい調子よ、太陽。このままスピード上げていくわよ！」

「オッケー！　月姉！」

肩を組んで二人で掛け声を出し、徐々に足の動きを速くしていく。

そして、残り五十メートル付近にさしかかったとき、

「きゃっ⁉」

不意に沙月の足がもつれた。

「月姉っ⁉」

ギリギリ倒れなかったものの、沙月は結んである足首を手で押さえ顔をしかめる。

「痛っ……足首ひねったかしら……」

「えっ⁉ それなら保健室に行かないと！」

急いで紐を解き、太陽は沙月に肩を貸そうとする。

しかし沙月は太陽を手で制す。

「待って。最後まで走りましょう。ゆっくりなら大丈夫だから」

「いやいや！ 無理することないって、生徒会のみんなだってわかってくれるよ」

「ダメよ。だって……せっかく太陽との大切な時間なんですもの。ねぇ、お願い。一緒にゴールさせてちょうだい」

すがるような目で見つめられ太陽は逡巡《しゅんじゅん》したものの、

「ああっ、もうっ！ わかったよ！」

結んでいた足を逆にして、スネのあたりでガッチリと固定する。

「月姉は俺の肩に腕を回して、ひねった足をできるだけ地面につかないようにしてて。俺が月姉を支えながら走るから」

「でも、それだと太陽の負担が大きすぎるわ」

「そんなの月姉の足が悪くなるよりマシだから！」

太陽は有無を言わせず沙月を抱えて走り出す。

そして順位は最下位になったものの、なんとかゴールまで辿り着いた。

「もう、無理して……でも、格好よかったわよ、太陽。あなたは自慢の弟だわ♪」

コース横で大の字になる弟に、沙月は満面の笑みを浮かべる。

「はぁ、はぁ……ありがとう。でも、それより保健室に行かないと」

「そうね。あ、せっかくだからお姫様抱っこしてくれない？」

「それはさすがに無理」

「あら残念♪」

言葉とは裏腹に楽しそうな笑顔で自分を見下ろす沙月に、太陽は苦笑を浮かべる。

「でも、エスコートくらいはできるよ。お姫様」

息を整えて起き上がると、太陽は沙月に手を差し出す。

その手を沙月は嬉しそうに取って、二人はゆっくり保健室へと向かった。

◇

「ん、ふわぁ……あら、いつの間にか眠ってしまったのね」

沙月が目を覚ますと周囲は暗く、明かりは窓の外から入るグラウンドの照明と夜空から見下ろす月だけだった。

遠くからはフォークダンスの曲が聞こえてくる。

それは、体育祭の最後を彩る後夜祭がすでに始まっていることを告げていた。

痛めた足は大したことはなく、湿布を貼ってしばらく休めば治ると言われ、沙月はそのまま保健室のベッドで眠ってしまったらしい。

「うーん……月姉？」

するとベッド横の椅子で眠っていた太陽も目を覚ます。

「おはよう……じゃないわね。こんばんは、太陽。もう後夜祭が始まってるわよ」

「えっ、もうそんな時間？　それで月姉、足の具合は？」

「んー、違和感が少しあるくらいかしら……普通に歩いたりするぶんには問題なさそうよ」

軽く足首をひねったりして沙月は答える。

「でも、太陽とじっくりダンスを踊るのには無理があるかもしれないわね」

後夜祭が行われているほうを見ながら沙月は苦笑を浮かべる。

「無理はしないほうがいいと思うよ。けど、これからどうしようか？　もう帰る？」

「そうね……後片付けは明日だし、それでもいいのだけど……せっかくだからひとつ思い出をつくっていかない？」

「思い出？」

「そう……二人だけのエッチな思い出♪」

薄暗い保健室のベッドで、月明かりに照らされたドレス姿の沙月が誘う。

その妖艶な姉の姿に太陽は見とれてしまう。

「どうしたの？　黙り込んじゃって……もしかして具合でも悪いの？」

「あっ、いや……具合は悪くないけど……ちょっと……」

すでに股間は大きくなっていて、どうしようもなく体は姉のことを求めていた。

「大丈夫？　無理そうなら――」

心配する沙月の顔に胸が高鳴り締めつけられる。

太陽は姉の肩を両手で掴むと、その瞳を真っ直ぐ見つめた。

「月姉っ！　俺も月姉と二人だけの思い出をつくりたい。ぶっちゃけ、今すぐここで月姉とセックスしたい！」

「太陽……うれしいわ♪　それに、もうこんなに大きくしてくれて……じゃあ、こっちに来て。二人で一緒に気持ちよくなりましょう♪」

ベッドに太陽を寝かせると、沙月はドレスの胸をはだけて下着を脱ぎ、そそり立つペニスの上に跨がった。

「あなたは動かなくていいわ。これは、ゴールまで連れて行ってくれたお礼。本当に嬉しかったから……だから、私が今夜は気持ちよくしてあげる♪」

ペニスの裏筋に沙月が陰唇で口づけをする。

そのまま腰をくねらせると、亀頭全体に熱い蜜がたっぷりとかかっていく。

姉の興奮が伝わってきてペニスが熱くガチガチにそそり立つ。

「あぁ……太陽も興奮してる♪　後夜祭が終わるまでは、ほとんど誰も来ないから……お互いに思いっきりとろけるくらい気持ちよくなりましょう♪」

沙月がゆっくり腰を下ろし、にゅちゅりと音を立てながら花弁が亀頭を受け入れる。

カリ首まで熱い粘膜に包まれて、内側の膣襞がぞわぞわと亀頭全体を舐め回す。

そして次の瞬間、沙月は一気に腰を下ろした。

「んくっ……んんっ！　はぁっ、あぁぁ……全部っ、奥までっ……入れちゃったぁ♪」

熱くぬめった膣襞が、ぎゅうっとペニスを締めつける。

「あぁあんっ♪　私のオマンコぉ、あなたの形に広げられてるっ……♪」

「月姉の中っ……めちゃくちゃ締まるっ……！」

搾るように膣が蠢き、沙月が腰をくねらせ始める。

「ねぇ、わかるぅ？　あたしのオマンコっ……あなたのチンポに馴染んできてるのっ……気持ちいいとこ、すっごい擦れてっ……あなたのチンポで一番感じる形になってるっ♪」

腰が上下にゆっくり動き、根元から亀頭の先まで味わうようにしゃぶられる。

「今日はっ……ずいぶんっ、ゆっくりなんだねっ……」

突き上げたい衝動を話すことでなんとか誤魔化す。

「だってぇ……体育祭で格好よかった自慢の弟と、こうしてっ……んっ、はぁ……学園で体を重ねられて、素敵な思い出をつくることができてぇ……すっごく幸せなんだもの♪」

自分を愛しそうに見下ろす沙月に思わずドキッとしてしまう。

「月姉って本当に……俺のことが好きなんだ……」

「なぁに？　ようやく私の愛を信じてくれたの？」

「好きなんだなってのはわかるよ。でも、それが本当に俺に対してなのかは、まだ……」

「もうっ……やっぱり重症ね」

愛情を伝えるように、沙月が熱い膣襞でねっとりペニスを撫で上げる。

「でも、大丈夫よ。私はずっと、あなたのことを好きでいるもの。あなたが愛を信じられるまでっ……愛を注ぎ続けてあげるからっ……あっ、んんっ……はぁっ、あんっ♪」

愛液が結合部から溢れ出し、太陽の下半身に熱い疼きが溜まり始める。

「あぁ、これいいのぉ……オチンポ感じてっ、腰が勝手に動いちゃうっ……今日は、ゆっくり楽しみたいのにっ……私のオマンコっ、弟オチンポが愛しくてぇ……欲しがりマンコになっちゃってるぅっ♪」

沙月が自分の腰を止めようと両脚に力を入れる。

するとと膣が締まってビクンビクンと腰は震え、ペニスが熱く扱かれる。

もどかしかった快感が一気に高まり、突き上げたい衝動に太陽の腰が震えだす。

「つっ、月姉ッ……無理をするのはリレーだけで充分だからっ……俺はっ、二人で一緒にっ……月姉にも気持ちよくなって欲しいんだっ……月姉の感じる顔が見たいんだよっ！」

にゅるにゅる蠢く膣襞が勃起ペニスに絡みつき、射精感が高まり続ける。

「も、もうっ……その頼み方はズルいわよぉ……そんなの断れないじゃない。でも、わかったわ。私もいっぱい気持ちよくなるから……その代わり、私のオマンコがイッちゃうまで……太陽もイクの我慢しててね？」

「約束するからっ……は、早くッ！」

「じゃあ、いくわね♪」

軽く呼吸を整えて、沙月は腰を大きく上下に動かす。

「んんっ、はぁっ……あっ、ああっ♪　入り口から奥まで全部ぅ……はぁあああんっ♪　オチンポっ、ごりごり気持ちいいいぃっ♪」

「ぐっ……んんッ！」

もどかしさが一気に燃える電流となって脳天まで突き抜ける。

「オチンポ震えてっ……ふぁあああんっ♪　いいのぉっ♪　太陽のっ、すごく切なそうな顔もいいのっ……可愛くってっ、愛しくてぇ……もっと見せてぇ♪　私で感じるっ、あなたの顔っ……もっともっと感じさせてあげるからぁっ♪」

腰をくねらせ膣を締めつけ、ペニスの敏感な部分を夢中で激しく扱いてくる。

「太陽の感じるところっ、全部わかってるんだからぁっ……ほらほらっ、ここでしょ？ オチンチンの先っぽにぃ、裏のほうもぉ……んんっ、はぁっ……あぁあんっ♪」

「月姉ッ……俺もうッ……！」

頭の中まで掻き回される快感に、たまらず腰を突き上げる。

「ひうっ⁉ んんんーーーーーっ！」

子宮口に亀頭がめり込み、沙月は膣を締めつけたまま体をガクガク震わせる。

太陽の目の前に火花が散って、それでも衝動は止まることなく腰を動かす。

「だめよっ……奥にオチンポっ、いっぱい来てるぅううっ！ そんなに突いたら気持ちよすぎてっ、私のオマンコっ……あなたのチンポで一番感じる形になっちゃうっ♪ 弟チンポっ、専用マンコになっちゃうからぁああっ♪」

「月姉っ、なってよっ！ 俺専用のマンコになってよっ！」

姉の望みを叶えるように、自分の形を、自分の想いを、何度も何度も刻み込む。

「なるから出してぇええっ！ 好きなところに出していいからっ……マンコの奥でもっ、体でもぉっ……あなたの好きに私を染めてぇええっ♪」

「中でッ……月姉の子宮に出すからッ！」

「あぁあんっ♪ うれしいっ♪ いいわよっ、中にぃっ……そのまま出してぇっ……お姉ちゃんのオマンコでぇっ、全部搾り取ってあげるからぁっ……私のオマンコいっぱいにっ、あなたの精液注いでぇえええええっ！」

「出ッ……るぅうううッ!!」

根元までペニスを突き入れ、子宮口に亀頭を押しつけ、姉の一番大事なところへ思いの丈を注ぎ込む。

「あはぁああんっ♪　奥に熱いのっ、どぴゅどぴゅ来てるぅううっ♪　これっ、すごいいっ……子宮が太陽の精液でぇ、満たされてくのっ……あったかくてぇ、しあわせぇっ♪」

弟に中出しされて、沙月は腰を震わせながら表情をとろけさせる。

「はぁ、あぁ……学園で弟チンポ中出しセックスぅ……クセになってしまいそう♪」

「俺は……月姉とエッチできて中に出せるなら……どこでだって最高だよ……」

「太陽ったら……そんなこと言われたら、どこでもシテあげたくなっちゃうじゃない♪」

嬉しそうに頬を染め、沙月は太陽の胸にゆっくりと倒れ込む。

太陽は沙月の温もりを受け止めながら、姉の愛を前より強く感じていた。

●メイドママ

「それで先生、太陽くんの具合はどうなんでしょう？」

診察室で、空は太陽とともに診察結果を聞いていた。

「膝の関節炎ですね。まあ、ごく軽いものですが……急に運動を始めたメタボな中年男性なんかがよくなるやつですよ」

「俺……メタボじゃないのに……」

体育祭で無茶しすぎたのか膝に違和感を覚えた太陽は、心配する空に連れられて整形外科を訪れていた。

「無理すると慢性化しますから、痛みが治まるまでは湿布と念のためにサポーターもしておいてください。歩くのは構いませんが、運動は一ヶ月程度休んだほうがいいですね」

「わかりました。太陽くん、しばらくはおうちで大人しくしてようね」

「……うん」

◇

暖かな日差しが差し込む休日の朝。

「ご主人様♪　あ〜ん♪」

「いや、あの……空姉、さすがにそこまでしなくても……」

太陽はリビングで、空に甲斐甲斐しくお世話されていた。

「遠慮しなくていいんですよ？　さあ、お口を開けてください。ご主人様♪」

ケガのせいで陸上部の手伝いはもちろん生徒会も沙月に無理しなくていいと断られ、太陽の日常は一気に暇になっていた。

以前であればオタク趣味を満喫できると喜んでいた太陽だったが、なぜか今はその気力すら湧かず溜め息を吐くばかりの日々。

そんな弟を心配して空は、これまでよりもさらに過保護になっていた。

「やっぱり恥ずかしいよ」

「ねぇ、ご主人様……メイドママの言うこと、聞いてくれないの？」

体育祭のときに借り物競走で着ていたメイド服を着て、空は悲しげな顔をする。

小さなエプロン付きのフリルスカートは丈が短く、沙月や地歩より控えめな胸は可愛らしく強調され、頭にはカチューシャまで載っている。

白と黒を基調とした色合いも落ち着いた空に似合っていた。

「うぅ……わかったよ。食べるから……あ、あーん……もぐもぐ……」

「どう？　美味しいですか？」

「うん。美味しい……」

恥ずかしすぎて味はよくわからなかったが、太陽はエサを与えられる雛鳥のように空から差し出される食事を食べ続けた。

「ああっ！　もうっ……空、それってお世話じゃないよ。もうほとんど介護だよっ！」

それまで黙って同じ食卓を囲っていた地歩が立ち上がって声を上げる。

「失礼ね。太陽くんも喜んでるんだから放っておいてよ」

「ねぇ、空……なんの説明もなく、いきなりこの光景を見せられた私たちの気持ちも、少しはわかってもらえないかしら？」

沙月は呆れるのを通り越して、疲れたような視線で空と太陽を見つめてくる。

(痛い！　膝よりも二人の視線がめちゃくちゃ痛い！)

沙月と地歩の冷たい視線が太陽の心にグサグサと突き刺さる。

「私は、ただ……太陽くんがいろいろと落ち込んでたからお世話をいっぱい頑張ろうって、そう思っただけだよ？」

「ええ……それは見てわかるけど……」

空のメイド服姿をまじまじと見て沙月は諦めたように溜め息を吐いた。

「あ、スープがなくなっちゃった。お代わり持ってくるね？」

「うん。ありがとう空姉……」

空が楽しそうにキッチンへ向かい地歩と沙月が太陽に詰め寄る。

「ねぇ、太陽……空のあれ、いったいどうしちゃったの？　あれも太陽の趣味？」

「ち、違うよっ、ちー姉！　あれは多分、俺が落ち込んでたから……それに、前にもあんなことしちゃったし……」

「そうね。まあ、空が過保護になるのもわからなくはないけれど……」

「にしてもメイド服とか……しかも、あんなにイヤらしい感じの……」

地歩が空の後ろ姿に冷ややかな視線を送る。

「あの子って、かたちから入るタイプなのよね」

沙月も空を見ながら大きく溜め息を吐いた。

「空ってさ、普段はおとなしいのに一度振り切れると結構突っ走っちゃうんだよね」

「意外と行動力があるのよね。でも、盲目的で危なっかしいから少し不安だわ」

姉二人の不安をよそに、空は満面の笑みでスープを持って戻ってくる。

太陽はそれを受け取りながら、

(これはこれで嬉しいけど……このままだと俺、ますますダメになるよな……)

と危機感を覚え、心配する姉たちのためにもしっかりしようと強く自分に言い聞かせた。

◇

「ええっ⁉　私が……モデルに？」

「そうなんだ、空姉。画力を上げたいんだけど、そのためにはデッサンが一番効果的かなって思って……ダメかな？」

キッチンで洗い物をしていたメイド姿の空に、太陽は手を合わせて頭を下げる。

自分のために頑張ってくれる姉たちの気持ちに応えたいと決意して一週間。

太陽は自分のこれからについて真剣に考えた。

陰キャでオタクな自分に合った将来を見据えた職業。

できれば在宅で稼げるものがいいといろいろ調べた結果、太陽の頭に浮かんだのは同人作家の道だった。

その日のうちに太陽は、空に頼んで自分のお年玉貯金を下ろすとタブレットを購入し、絵の練習を始めた。

しかし、漫画の模写程度しか経験のない太陽に、世間の評価は当然のように厳しかった。

とりあえず上手く描けたと思うイラストをSNSにアップしてみるものの、悲しいほど高評価はつかず、豆腐メンタルの太陽は「ひたすら練習あるのみ！」「神絵師は、うだうだ言ってる間に絵をアップして高評価の山を築いてるんだぞ！」という心の声を無視して高評価を得る方法を探し続けた。

そして、見つけたのは『エロ』だった。

「私より沙月や地歩のほうがモデル映えするんじゃない？」

「いや、俺は空姉を描きたいんだよ。エッチな空姉を！」

「え、エッチって……太陽くん、それどういうこと？」

恥ずかしがっていた空の顔が、一転して怪訝そうなものになる。

「あ、その……俺は空姉がセクシーだって思ってるんだよ！」

「うぅ……セクシーって……ホントにそう思ってる？」

顔を赤くしながらも疑いの眼差しを向ける空に太陽は何度も頷く。

「もちろんだよ！　空姉は最高にセクシーだって！　だから是非っ、ヌードモデルをお願いしたいんだっ！」

「太陽くんが、そこまで言うなら……でも、やっぱり……」

満更でもなさそうな姉の態度に太陽は一気にお願いを畳み掛ける。

「空姉！　デッサンには絵を描く上で大切なことが詰まってるんだ。特に人は筋肉とか骨格とかがわからないとダメだし、そのためにはヌードが一番なんだよ。それに空姉だって美術の授業で裸婦画とか見たことあるでしょ？　ヌードはアートなんだよ。つまり、これはアートのためなんだよ、空姉！」

「アートのため……」

「そう、アートのためなんだ！　だから協力してよ、空姉っ！」

太陽は改めて深々と頭を下げる。

沙月や地歩もお願いすれば引き受けてくれたとは思う。

でも、二人は生徒会や部活で忙しいし、何より将来を真剣に考えるきっかけをくれた空のことを、そんな空のエッチな姿を太陽は描きたかった。

「本当に真剣なんだね。それなら……いいよ。あ、でも、家事が終わったあとでもいい？」

「もちろん！　ありがとう、空姉！」

太陽は顔を上げて空の両手をぎゅっと握る。

「も、もうっ……大げさだよぉ……太陽くんのお願いなんだもん。できることなら、なんだって引き受けちゃうよ♪」

どこまでも甘々で優しい姉に胸のうちが熱くなる。

そして、これからのことを想像して太陽の股間も熱くヤル気を漲《みなぎ》らせていた。

◇

「ねぇ、太陽くん……本当にエッチしながらするの？」

「うん。空姉の一番エッチな姿を描きたいんだ」

裸になった空をベッドに寝かせ、太陽も全裸で肉棒を割れ目に擦りつける。

「で、でも……ビデオに撮るなんて……うぅ……やっぱり恥ずかしいよぉ……」

資料の撮影用にタブレットと一緒に買っておいたカメラのレンズが、すでに空の痴態を動画で撮影し始めていた。

「恥ずかしがらないで空姉。これはアートなんだからさ」

「うぅ……そうだよね。これはアート……太陽くんのため、なんだよね……」

羞恥に染まるピンクの肌に、寝ていても潰れることなく丸みを帯びたふたつの膨らみ。しっかり手入れされた秘所はツルツルで、すでにしっとりと濡れていた。

「そう言えば、空姉の裸をしっかり見るのって初めてかも……」

童貞を奪われたときは薄暗くて、よく見えなかったことを思い出す。

「そ、そんなにじっくり見ないでよぉ……」

「いや、よく観察するのもデッサンのうちだから……」

耳まで真っ赤にして、それでも空はアートのためだと小声で自分に言い聞かせ、弟の舐めるような視線に耐え続ける。

「んんっ、はぁ……すごいじっくり、見られちゃってるぅ……おっぱいもアソコも……太陽くんの視線を感じる……こんなのっ……あぁっ、だめっ……恥ずかしすぎるよっ……ねぇ、お願いっ……エッチを撮影するんでしょ？　だったら早くぅ……早くしようよっ……」

「うわっ……わ、わかったからっ……そんなに擦りつけないでっ！」

空の熱い割れ目に擦られ、それだけで背すじまでゾクゾクとした快感が駆け抜ける。

ペニスも早く膣に入れろと熱く滾り、太陽は我慢できずに亀頭を中へと入れていく。

「はぁっ、ああっ♪　太陽くんがぁ……私の中に入ってきてるぅ……どんどん奥までっ、んぁああんっ♪　わかるぅ……私のアソコがっ、オチンチンの形になってくっ……♪」

初セックスより明らかに強い締めつけに、入れるだけで亀頭が熱くジンジン痺れる。

「空姉の中っ、あったかくて気持ちいいっ……！」

「私もっ……んっ、あぁっ……太陽くんのオチンチンっ、熱くてアソコが溶けちゃいそうだよっ……奥までいっぱいっ、感じるよぉ♪」

「中がきゅうきゅう締まってっ……うねって絡みついてくるっ……！」

「やぁあんっ♪　そんなこと言わないでぇ……だめだよっ……今っ、録画してるのにぃ……やだぁ……お姉ちゃんのエッチなところっ……全部ビデオに残っちゃうぅ……」

「でもっ……ちゃんと残さないとっ、ダメだからッ……！」

姉の中を確かめるように太陽は腰を大きく動かす。

「あぁあぁんっ♪　はぁっ、あぁっ♪　オチンポっ、ごりごり動いてるぅ……出っ張りすごいよっ、気持ちいいよぉっ……いつもよりっ、なんだかアソコが感じちゃうっ♪」

「空姉はっ……どこが一番感じるのっ？」

「ええっ⁉　そんなことっ、言えないよぉ……」

「入り口のほうとか？　それとも奥？」

試しに入り口あたりを亀頭で何度も突《つつ》いてみる。

「んくぅんんっ♪　あぁっ♪　そこっ……入り口っ、ゾクゾクしちゃうよぉ……なんだかお股がムズムズしてぇ……ふぁああんっ♪　そこばっかりぃっ……擦っちゃらめぇっ♪」

「じゃあ、奥のほうはっ……どんな感じかなっ……！」

「あはぁあぁんっ♪　太陽くんのオチンポがぁっ……コンコン奥をノックしてるぅっ……気持ちいいよぉっ……お腹の奥が熱くなってぇ……アソコがきゅんきゅんしちゃうよぉ♪」

奥へ引き込むように膣がうねって愛液がとろとろと溢れ出る。

「空姉はっ、奥のほうが好きなんだねっ……」
「だってっ、だってぇ……太陽くんをっ、いっぱい感じられるからぁ……お腹の奥までっ、太陽くんの熱々オチンポっ……感じられるの大好きなのぉ♪」

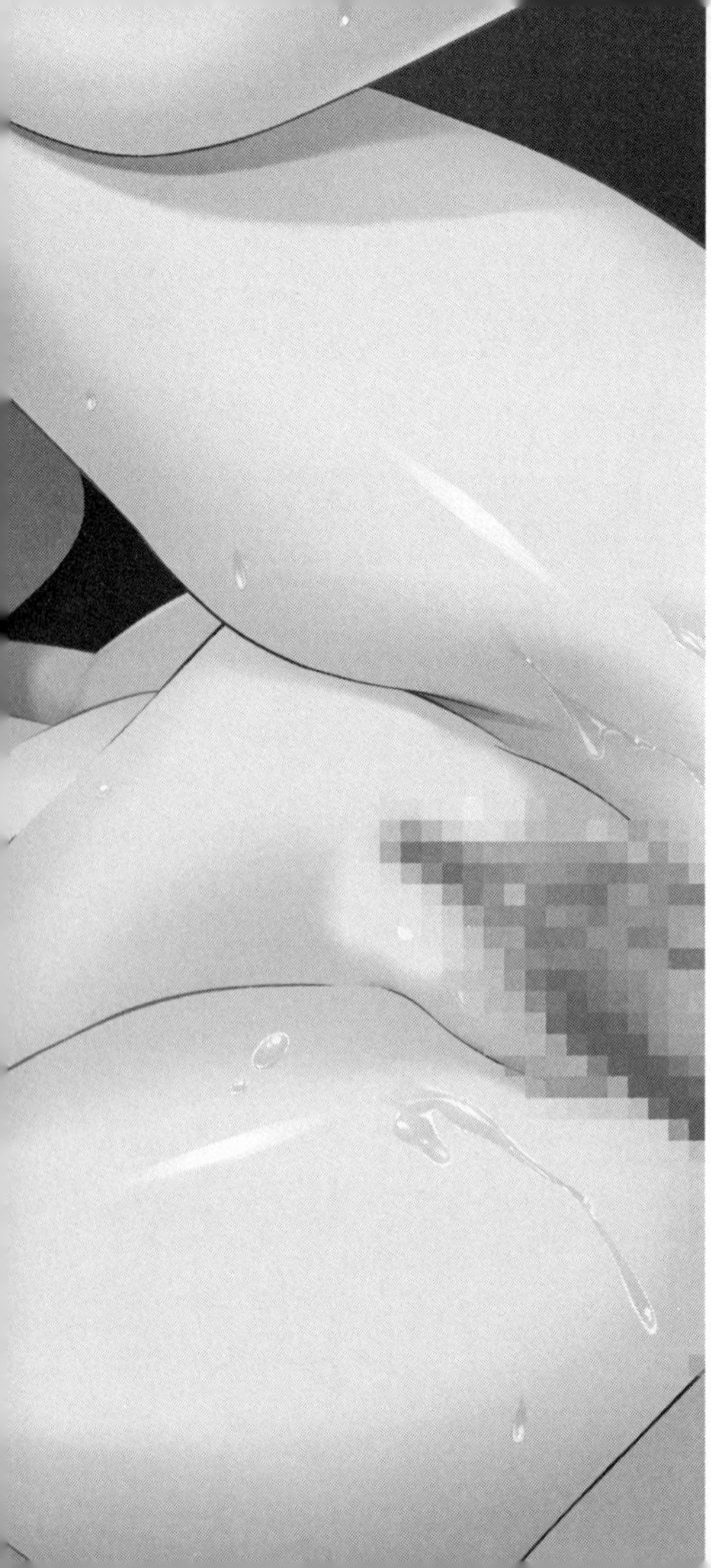

「俺もっ……空姉の中、気持ちよくて幸せだよっ……」

「あぁあんっ♪　嬉しいっ♪　太陽くんが気持ちいいとっ、私もすっごく感じるのぉ……幸せそうなっ、太陽くんのお顔も大好きっ♪　見てるとこっちまでっ……んぁ、あぁ……自然と笑顔になっちゃうのぉっ♪」

「それなら俺っ……もっともっと頑張るよっ！」

姉の笑顔のために太陽は気合いを入れて腰を振る。

「ひぅんんっ！　あぁあんっ！　奥にオチンポっ、すごいよぉっ♪　アソコがぐちゅぐちゅ掻き混ぜられてぇ……はぁああんっ♪　エッチな音がっ、いっぱい鳴ってるっ……やぁあんっ♪　これも全部っ……ビデオに全部残っちゃううぅっ♪」

「全部残るよっ、エッチで可愛い空姉の全部ッ……！」

もっと姉のエロスを引き出そうと、根元までペニスを突き入れ奥をぐりぐり撫で回す。

「だめだめっ！　そんなぁああっ！　弟でっ、アソコがどんどん気持ちよくなるっ……おっぱいも乳首が勃っちゃうっ……エッチな音もっ、感じちゃってる声も全部ぅっ……こんなのっ……あぁあああんっ！　モデルになんてならないよぉおおおっ！」

「空姉ッ……このまま中に出すからねッ！」

羞恥に悶える空に興奮が抑えきれず、太陽は射精に向けて腰を激しく振りまくる。

「はぁああんっ！　そんなぁっ……今っ、中に出されたらぁっ……私と太陽くんの中出しセックスっ、一生記録に残っちゃうぅっ……恥ずかしいのにっ、なのに私ぃっ……ああっ！　ダメっ、イッちゃうっ……んくぅんんっ！　イッくぅうううううっ!!」

空の腰が痙攣し、膣がぎゅうっとペニスを熱く締めつける。

それと同時に太陽は、子宮口に亀頭を押し当て滾る想いを姉の奥へとぶちまけた。

「ひぐぅううっ！　中にぃっ……精液っ、出されちゃってるよぉっ！　撮られながらの中出しっ、イグぅううっ！　一番大事なところにぃっ……熱いの来てるのっ♪　子宮で太陽くんの体温感じるっ……ああっ！　またっ……全然イクの止まらないぃいいいっ！」

腰がビクビク何度も跳ねて空のお腹が卑猥に波打ち、膣が精液を容赦なく搾り取る。

「空姉……エロすぎ……でも、おかげでいい絵が描けそうだよ……」

「ん、はぁ……それなら、よかったぁ……本当はね、お姉ちゃん心配だったの。絵の練習だって言いながら、本当はエッチなことがしたいだけなんじゃないかなって……でも、違ったみたい。頑張ってね、太陽くん♪」

安心したように空が優しく微笑みかける。

「また、モデルが必要だったら言ってね。私は太陽くんの……ううん。ご主人様の専属メイドだから。身の回りのお世話はもちろん、モデルもエッチもご主人様が望むなら、なんでもしてさしあげますね♪」

どこまでも献身的でエッチな姉に、太陽はエロの神髄を見た気がした。

●太陽の背中

「ただいまー」

学園から帰宅し、扉の鍵を開けて太陽が家に入る。

「たっだいまー。今日は、あたしたちが一番乗りだね」

続いて地歩も入ってきて玄関で二人は靴を脱ぐ。

「たしか、空姉は帰りに買い物してくるって言ってたよ」

「じゃあ、もう一人の筋肉ないほうは、どこかで行き倒れてるのかな？」

「ちー姉……そんなこと言ってると、ちー姉の見られたくない答案用紙とか家でのだらしない格好とか、こっそり隠し撮りされちゃうよ？」

「そ、それは……冗談に聞こえないわね」

顔を青ざめさせる姉を置いて、太陽は自分の部屋に戻ろうとする。

「でも……ふぅん、そっかそっか。二人きりなんだ……♪」

すると、いきなり地歩に腕をぎゅっと抱きしめられる。

「な、なんだよ急に……そんな甘ったるい声まで出して……」

「んー？　こんな声を出させてる人が聞いちゃうの？」

「お、俺が……？」

「そうだよ。最近、太陽ってば絵を描いてるんでしょ？　空から、すっごく頑張ってるって聞いたよ。毎日、欠かさず練習してるって」

「まぁ、一応……姉ちゃんたちにも心配かけちゃったし……」

「家族なんだから気にしなくてもいいのに。でも、頑張ってる太陽すっごく格好いいよ。いろいろと大変そうだけど、夢に向かって走り出してるって感じで……なんか、そんな太陽見てるとドキドキしちゃう♪」

さらに強く腕を抱きしめ、その大きな胸を強く何度も押しつけてくる。

「ち、ちー姉……」

「ねぇ、誰もいないんなら……今のうちに一緒にお風呂入らない？」

「えっ？　お風呂？　でも、誰か帰ってきたら……」

「さっと入っちゃえば大丈夫だって。ほら、迷ってる間に行くよ、太陽っ♪」

「うわっ！　ちょっと引っ張らないでっ！」

結局、太陽は姉の誘惑に逆らえず、押し切られるまま地歩と一緒に浴室へ向かった。

◇

「よーし、今日はお姉ちゃんが背中を流してあげよう♪」

「いや、いいって……」

太陽を風呂椅子に座らせると、地歩がスポンジでボディソープを泡立て始める。

「遠慮しないの。弟のお世話をするのも、お姉ちゃんの愛情だから……ほら、いくよー♪」

有無を言わせず地歩が背中を洗い始める。

「ん、しょ……ふふっ♪　これが太陽の背中なんだ……小さい頃とは全然違うね」

「そりゃあ、俺も成長したからね」

「そうだね。お姉ちゃんのこと助けてくれるくらいだもんね♪」

「あれは……ちょっと手伝っただけだよ」

「まーた、謙遜して……太陽は、本当に格好いいよ♪」

熱い吐息混じりの地歩の声が背中にかかってこそばゆい。

「なんかさ、太陽……裸の背中ってエロいよね？」

「え？　そ、そう？」

「そうだよ……こう、肩から背中にかけての僧帽筋とか広背筋とか……はぁ……うん！　やっぱり我慢なんて無理っ！　ねぇ、太陽っ……このままエッチしちゃおうよぉ♪」

急に猫なで声になって背中におっぱいを擦りつけてくる。

「いやいや。それって、エッチの途中で帰ってきた家族に見つかるパターンだから！」

「ふーん。そういうものなの？」

「そういうものなの。エロ漫画じゃ鉄板と言ってもいいくらいお約束の展開だよ」

「ふむ……つまり、沙月に二人のラブラブエッチを見せつけて、再起不能にすることもできると……それって、もしかして一石二鳥だよね？」

「一石二鳥って……」

どう考えても沙月までエッチに参加してくる修羅場しか、太陽には想像できなかった。

「ていうか、裸の男女がお風呂にいてエロいことしないほうが、エロ漫画的にあり得ないでしょ？　ほらぁ、難しいこと考えないで、お姉ちゃんと気持ちいいことしようよぉ♪」

体を離して背中の泡をお湯で流すと、地歩が太陽の腕を掴んで引っ張る。

「ちょっと⁉　危ないってっ！」

しかし、二の腕を包み込む地歩の温もりを払うことなどできず、太陽は仕方なく姉に誘われるまま湯船に浸かり、太陽に寄り掛かるようにして地歩も一緒に入ってくる。

「はぁ～。一番風呂って最高だよね。心が洗われる感じがして最高っ……って、やぁあああんっ♪　ちょっと太陽？　なに、ちゃっかりおっぱい触ってるの？」

「えっと……これは、ちー姉の体を支えようとしただけだよ。そしたら、たまたま……ね」

「ふーん。たまたま手を伸ばしたら、そこにおっぱいがあったんだぁ。じゃあ、あたしのお尻に当たってる、この硬いのもたまたまなのかなー？」

すっかり硬くなった肉棒にお尻を押しつけ、左右にぐりぐり動かしてくる。

「んぐっ……それっ、ダメだってっ……」

「ほんとに～？　ビクンビクン嬉しそうに震えてるけど……ほらほらっ、正直なところはどうなのよっ♪　素直に白状しないと、このままお尻でイカせちゃうぞっ♪」

「だ、ダメじゃないですっ……気持ちいいです！」

「そうだよね。もう、こんなにガチガチになってるもんね♪」

「それは、ちー姉がお尻でするから……」

「当然でしょー。今のあたしは弟とヤリたくて仕方ないんだから♪　大好きな弟の裸見せられて、熱いオチンポまで押しつけられてるんだよ？　これでスイッチ入れるなって言うほうが無理なんだからぁ……まさか、こんなに硬くして、しないなんて言わないよね？」

お尻でペニスを刺激しながら、おっぱいを掴んだ両手にむにむに押しつけてくる。

「お姉ちゃんのオマンコはぁ、今すぐオチンポ入れられるくらい、すっごくとろとろに濡れてるんだよ？　オチンポ気持ちよくしてあげたくてぇ、オマンコの奥までうずうずしちゃってるんだからぁ♪」

「そ、そんなにしたいんだ……」

「もちろんだよぉ♪　でもぉ……あたしは太陽と一緒に気持ちよくなりたいの。だから太陽が本当にしたくないって言うなら……」

「するよっ！　俺っ、ちー姉とセックスしたいよっ！」

ここまで誘惑されて断るなんて、それこそエロのお約束に反する。

「じゃあ、しよっ♪　お姉ちゃんと気持ちのいいセックス♪　あたしのオマンコを、太陽のオチンポだけでぇ……奥までいっぱいにしてちょうだい♪」

軽く腰を浮かせて、早く入れてと地歩がお尻を突き出してくる。

その下にある割れ目に太陽が亀頭を当ててると、地歩が甘い吐息を漏らしながら腰を下ろしてペニスをねっとり呑み込んでいく。

「ああっ♪　はぁっ……来てるぅっ♪　オチンポっ、熱いの入ってくるぅうううっ♪」

お湯より熱い粘膜がペニスを根元まで包み込む。

「あぁ、いいっ♪　やっぱりこれって反則だよぉ……弟チンポのくせにっ、こんなに感じちゃうなんてぇ……サイズもちょうどいい感じだし、入れてるだけで気持ちいいよぉ♪」

地歩が膣を締めつけたまま、お尻をぐりぐり押しつける。

「これっ、いいっ……いいよぉ♪　一番奥までオチンポだけでぇ……あたしのオマンコいっぱいになってるよぉ……太陽ので満たされてぇ……太陽と一番奥で繋がってるのぉ♪あっ、ああっ♪　はぁあああんっ♪　どんどん幸せな気分になっちゃうよぉ♪」

「それならっ……もっと幸せにしてあげるよっ！」

亀頭の疼きをぶつけるように太陽も地歩の奥を突き上げる。

「んはぁあああんっ♪　そこいいっ……もっともっとぉっ♪　弟チンポでっ、もっと気持ちよくなりたいのっ……一番奥で感じたいからっ、そのままガンガン奥突いてぇっ♪」

「わかってるよっ……ちー姉の弱点っ、いっぱい突いてあげるからっ！」

「あぁんっ！　あんっ！　ああっ！　いいよ、これぇっ……頭の芯まで痺れちゃううっ♪　太陽のっ、逞しいオチンポ感じるっ……奥ですっごく感じるよぉおおおっ♪」

「めちゃくちゃ締まるっ……ちー姉のぬるぬるでっ、俺のチンコ溶かされそうだよっ！」

「それならっ、あたしのマンコでとろとろに溶かしてあげるっ♪　締めつけたままっ、いっぱい扱いてっ……んんんっ♪　あはぁあああんっ♪　太陽のエロチンポはっ……こうされるのが大好きだよねっ♪」

膣襞がカリをきつく締めつけて太陽の弱点を容赦なく責め立てる。

「お姉ちゃんのオマンコにはっ、弟チンポは勝てないのっ♪」

肉棒が快楽の熱に溶かされて熱い衝動が腰の奥からこみ上げる。

「確かにっ……気持ちよすぎて負けそうだけどっ……！」

「あっ、やぁああっ♪　おっぱいっ、掴んじゃだめだってばぁっ……今っ、おっぱいまでされちゃったらぁ……気持ちよすぎてっ……はぁああんっ♪　んん〜〜〜〜っ♪」

膣がきゅうきゅう締めつけて、精液を欲しがるように根元から強く搾られる。

「やだぁっ♪　オチンポっ、おっきくなってるぅっ……弟チンポでオマンコいっぱいっ♪　そんなに中、広げられたらっ……あたしのオマンコっ、太陽の形になっちゃうよぉ♪」

「ちー姉っ、イクよっ……ちー姉マンコでっ、このままイクからッ！」

下半身が足の指先までジンジン痺れて、ペニスが限界だと地歩の中で暴れまくる。

「あぁあんっ♪　弟はぁっ……お姉ちゃんでイッたらダメなのにぃ……♪」

「ちー姉だっててっ、こんなに子宮が下りてきてっ……俺のを欲しがってるよねっ……！」

「だってぇ、太陽と一緒にイキたいんだもんっ♪　このガチガチのオチンポでっ、お姉ちゃんを気持ちよくイカせてよぉっ♪　ほらほらっ、出してぇっ♪　あっ、やぁあんっ♪」

迎えに来た子宮に何度もキスをされ、亀頭が疼いて奥へ奥へと突きまくる。

「ああっ！　いいっ、いいよぉおおおっ！　出して太陽っ、そのまま奥にぃっ……お姉ちゃんの子宮に熱いのっ……オチンポ汁をっ、いっぱい出してぇえええええっ！」

「んぁあああぁッ！　イッくぅうううううッ!!」

ラストスパートで一番奥にペニスを突き刺し、そのまま中で射精する。

「あぁあああっ！　出てるぅ……熱いの奥にぃ、びゅくびゅくって当たってるよぉ……もっと出してぇ♪　全部っ、熱いの受け止めるからぁ……もっとあたしに種付けしてぇ♪」

子宮にたっぷり中出しされると、地歩は満足そうに息を吐き体を太陽に預けてくる。

「はぁ……あたしの中、弟汁でいっぱいにされちゃったぁ……この、染み込んでくる感じ大好きぃ……それにしても毎回毎回、濃厚なの出すんだからぁ♪」

「それはっ……ちー姉の中がエロすぎるからだよ……」

「そうなんだ♪　でも仕方ないよね。だってあたしのオマンコは……弟専用なんだもん♪太陽のオチンポを入れてるときが、一番エロくなるんだからね♪」

「そ、そういうこと言っちゃダメだってぇっ……！」

姉のエロさに思わず息子が復活しそうになる。

「そんな可愛い反応する太陽が悪いの♪　もしかして今ので、もう一回エッチしたくなっちゃった？　あたしはいいよ。何度だって受け止めてあげる♪」

「ダメだって！　さすがに、みんな帰ってきちゃうからっ！」

「むぅ……ちょっと物足りないけど、太陽がそう言うならしないでおいてあげる。でも、次のときは今よりも、いっぱいいっぱいエッチしようね♪」

お風呂と姉の温もりを感じながら、太陽は地歩の言葉が嘘にならないようにちゃんとした格好いい自分になろうと、そんなことをぼんやり考えていた。

●月と太陽

「ん？　あれって副会長だよな」

夏の暑さも一段落し、過ごしやすくなってきた頃。

昼食の弁当を食べ終えて太陽が教室を出ると、廊下で見慣れた女性が一人でビラのようなものを配っていた。

「地域貢献イベントのボランティアを募集しています。ご協力お願いいたします」

だいぶ顔色が悪いようで声にも全然力がなく、そのせいかビラを受け取る生徒は見ている限りほとんどいない。

「先輩。それって、きのう決まったメイド喫茶のやつですか？」

「あら、太陽さん」

さすがに気になって声をかけると、副会長は無理に笑みを浮かべようとする。

（やっぱり、あの仕事量は無理があったんじゃ……）

いつものように沙月に甘えようと待っていた生徒会室で、きのうは学園の地域貢献イベントについての話が行われていた。

その一環として、生徒会でメイド喫茶をやることになったのだが、これまで生徒会の様子を客観的に見てきた太陽は準備期間に対して仕事量が多すぎるように感じていた。

（月姉は、選《え》りすぐりの優秀なメンバーだから大丈夫って言ってたけど……）

甘えるついでに心配だと話したら、自信満々に胸を張っていた姉の姿を思い出す。

「きのう決まったばかりで、もうビラまでつくってすごいですね」

「いえ、あのスケジュールでメイド喫茶を実現するには、すぐにでも人員確保に動かなければ間に合いませんから」

「でも、たしか副会長って、ほかにも急ぎの仕事がありましたよね？」

「確かに……ほかにも仕事はありますが、これも優先的に処理しなければ……」

と、そこで副会長の体から急に力が抜けて崩れ落ちそうになる。

「だ、大丈夫ですかっ⁉」

とっさに手を伸ばして支えると、副会長は震える足でなんとか立ち上がる。

「申し訳……ありません……徹夜したので多少寝不足なもので……」

「無理しないでください。俺もビラ配り手伝いますから」

「いえ、そんな……これは私の仕事ですから……任されたからには、ちゃんと……」

しかし、次第にうつらうつらし始めて、副会長の体から再び力が抜けていく。

そして、ついには廊下にぺたりと座り込む。

「う、うぅ……これでは間に合わない……」

俯く副会長の目から涙が一粒こぼれ落ちる。

それを見た太陽は、いてもたってもいられずスマホを取り出しヘルプを呼んだ。

「先輩、あとは任せてください！　俺には、こういうとき頼りになる姉がいるので！」

「太陽くん、大丈夫⁉　いったいどうしたの⁉」

返事が来て秒も経たずに本人がやって来る。

「空姉、緊急事態なんだ」

事情を話すと空が申し訳なさそうに副会長へと頭を下げた。

「ごめんなさい。うちの沙月が迷惑をかけたみたいで」

「いえ、迷惑では……」

「でも安心して、あとは私たちに任せて♪　じゃあ、太陽くん、廊下で配るのは効率が悪いから教室をひとつずつ回って配るわよ。ビラを持ってついてきて」

「ひとつずつって……急に行ったら余計に迷惑がられたりしない？」

「大丈夫。これでも私、知り合いだけは多いから♪」

その柔らかくも揺らぎのない笑顔は、まさに大黒柱のような安心感を太陽に与える。

そして二人は副会長を保健室まで運ぶと、ビラ配りを開始した。

◇

「ふぅ……昼休みのうちに配り終わったね」

「すごいよ、空姉。一年から三年まで全クラスに知り合いがいるなんて」

空の教室へと戻りながら太陽は感嘆の溜め息を吐く。

(クラスメイトにすら顔を覚えてもらっているか俺は怪しいのに……)

これが人徳というものだろうか。

そんなことを考えていると、廊下の向こうから今回の元凶が走ってくる。

「空！　ずるいわよ！　抜け駆けして太陽と一緒にいるなんて！　今日は私の番――」

「月姉、そこまで！　副会長が倒れたんだ」

「え？　それ……どういうこと？」

太陽は、ことのいきさつを沙月に話す。

「そう……だったのね。みんな何も言わずにやってくれるから、私てっきり大丈夫だと……優秀なメンバーだからと信じ切っていた私の傲慢が副会長を……いいえ、生徒会のみんなを苦しめていたのね。これは一度、全員を集めてちゃんと話さないといけないわ」

沙月はすぐに状況を理解して反省すると、改めて太陽と空に向き直る。

「太陽、ありがとう。いろいろと迷惑かけちゃったわね。あと、空も一応ありがとうね」

「一応は余計だと思うけどなぁ」

「もう、わかったわよ。空も本当にありがとう。ほら、そろそろ午後の授業が始まるわ」

ばつの悪そうな沙月に空と太陽は苦笑を浮かべ、三人はそれぞれの教室へ戻っていった。

◇

「よし♪　これで誰も入れないわね」

副会長が倒れた翌日の放課後。

沙月は学園の屋上に来ると入り口の扉に鍵をかける。

「月姉、いいの？　職権乱用じゃない？」

「大丈夫よ。学園長には許可を取ってあるわ。生徒会長権限でね」

沙月に呼ばれてついてきた太陽は、姉に促され近くのベンチに座った。

晴れた空は広く、放課後ということもあって遠くからは運動部の掛け声が聞こえてくる。

その隣に沙月も座り、太陽に肩を寄せる。

「きのうのことだけど……改めて感謝するわ、太陽。あなたのおかげで、自分の愚かさがよくわかったわ。『生徒の悩みに寄り添う』なんて公約を掲げておきながら、悩みを相談しにくくしていたなんて……でも、私のいったいどこが相談しにくいのかしら？」

「月姉って意見が理路整然としてて、なんとなく別の意見を言いにくいんだよね。あと、自分が正しいと思って自信満々で言ってるから、反論を言う隙がないというか……それに、意見にしても反論にしても月姉と同じレベルで考えて話さないといけないっていうプレッシャーもあるよね」

「うっ……太陽って、本当によく周りを見てるのね。私を見ていてくれるのは嬉しいけれど、なんだか複雑な気分だわ。はぁ……私も、まだまだ未熟ね」

「でも、生徒会のみんなもわかってくれたんでしょ？」

「ええ。みんなには謝って、今度のイベントも見直しを考えているわ。これで、みんなへの負担も減らせるはずよ。それに太陽の指摘で私自身の見直すべき点もわかったし、本当に太陽には感謝してるわ。何度お礼を言っても言葉では足りないくらいよ」

「褒めすぎだよ、月姉」

「ううん。太陽は私の恩人だわ。だから、太陽……お礼も兼ねて、ここで甘やかしてあげたいのだけれど、いいかしら？」

沙月が体を擦り寄せながら腕に胸を押しつけてけくる。

「えっと……もしかして最初からそのつもりだった？」

「あら、そんなことないわよ。私は、ただ誰にも邪魔されずにお礼を言いたかっただけ。太陽が嫌だって言うなら私は――」

「ありがたく甘やかされていただきます」

「もう、何よその変な日本語。でも、嬉しい♪　じゃあ、そうね……今日は赤ちゃんみたいにお姉ちゃんママが甘やかしてあげる。ほら、ママの膝に頭を乗せて♪」

促されるまま姉に膝枕してもらうと、沙月は制服の前をはだけて胸を丸出しにする。

そして母乳をあげるように乳首を太陽に押し当てると、すでに期待で大きくなった弟のペニスを取り出した。

「もうこんなに大きくなって、ヤル気満々って感じね」

「月姉のオッパイが気持ちいいから……はむっ、れるっ……」

「あんっ♪　太陽が、おっぱい吸ってる♪　いいわよ。好きなだけ味わって♪　オチンポも、いっぱい気持ちよくしてあげるから♪」

オッパイをあげながら、沙月の手が赤ちゃんをあやすように優しくペニスを扱き始める。

「ほーら、いい子いい子♪　ママのために頑張ってくれたご褒美だから……ん、はぁ……遠慮しないで感じてちょうだい♪　おっぱいも、揉んだり吸ったり好きにして……満足するまで使ってくれていいからぁ♪」

「うん。じゃあ、遠慮なく……ぢゅるるっ、れるれろっ、ちゅぷれるっ、んちゅぷっ……」

ペニスを沙月に指で扱かれながら太陽は片手でおっぱいを鷲掴みにして、もう一方の乳房に吸いつき姉の乳首を舐め回す。

「ううんっ♪　太陽がぁ、私のおっぱい吸ってるぅっ……ちゅぱちゅぱって赤ちゃんみたいにっ……んっ、あぁ……可愛い♪　愛しい太陽♪　もっと私に甘えてちょうだいっ……私のおっぱいっ、あなたに全部あげるからぁ♪」

気持ちよさそうに体を震わせ、沙月が乳房を太陽の顔に押しつける。

手にも力が入って、強くなった摩擦にペニスは熱くガチガチになっていく。

ふわふわで甘い沙月のおっぱいに頭はとろけ、太陽は気持ちよさに身を委ねる。

「ふふっ♪　エッチなお汁が溢れてきたわ。気持ちいいのねっ……いいわよっ、もっともっと感じてちょうだいっ……このぬるぬるをっ、オチンポ全体に塗りたくってぇ……これなら激しくしても大丈夫よね。このまま白いの出しましょうね♪　気持ちいいとこ、いっぱいシコシコしてあげる♪」

我慢汁まみれの手のひらで亀頭を撫でられ、カリを丁寧になぞるように扱かれる。

「くっ……ああっ！　月姉っ……ぢゅぷっ、ぢゅるるるっ！」

歯を食いしばる代わりに太陽は目の前のおっぱいにしゃぶりつく。

「やぁあんっ♪　おっぱい吸うのっ、強くなってぇ……いいわよっ、そのまま私に甘えてっ……オチンポはっ、ママが気持ちよくしてあげるからぁ♪」

沙月の乳首がぷっくり膨れて、太陽は熟れた小粒な果実を夢中でぺろぺろ舐め回す。

「んくぅんんっ！　はぁあぁんっ♪　乳首ぃ……そんなにペロペロしてぇ……本当にっ、太陽って私のおっぱい好きなのね♪」

「うん！　好きだよ！　月姉のオッパイ大好き！　ちゅぱちゅぱっ、ちゅるる～～っ！」

「私も大好きっ♪　太陽のこと大好きよ♪　だから、こっちでもっ……このガチガチのオチンポでもっ……ちゃんと気持ちよくなりましょうね♪」

胸を揉まれて乳首を吸われ、体を快感に震わせながらも沙月はペニスを扱き続ける。

感じる姉の姿に太陽の興奮も高まって、熱い気持ちが尿道をじわじわとせり上がる。

「つ、月姉っ……そろそろ出してもいい？」

「ええ、いいわよ。我慢しないで。あなたが満足するまで、何度だってしてあげるから♪　いつでも出してっ……お姉ちゃんママの手でっ、いっぱいオチンポぴゅっぴゅしましょうね♪　ほらほらっ……ママに向かって、あなたの熱いのかけてちょうだい♪」

「うんっ！　出すよママっ！」

太陽の腰が浮いて、沙月の手にペニスを夢中で擦りつける。

それに沙月も動きを合わせ、亀頭を激しく手で扱く。

「んんっ……オチンポ、すっごく暴れてるわ♪　もう限界なのね。いいわよ、出してぇ♪　私のおっぱい味わいながら、最高に気持ちのいい瞬間にぃっ……びゅびゅーって白いオシッコ出してっ♪　いい子ねっ、いい子っ♪　がんばれっ、がんばれっ♪」

「ママっ……ママーーーーッ!!」

沙月の手に導かれるまま、太陽は腰を突き上げ衝動のままに射精する。

「あぁあんっ♪　白いオシッコっ、こんなにたくさん♪　偉いわ、太陽……ぜーんぶママに出しましょうね。オマンコでするみたいに私も手伝ってあげるから♪」

根元から優しく扱かれ、溢れ続ける精液が沙月の手をどろどろに汚していく。

「ううんっ♪　これ、すごくエッチな匂いだわ♪　あなたの匂い……嗅いでるだけで、なんだか体が火照ってきちゃう♪　とっても素敵で、いい匂い♪」

精液の匂いを胸いっぱいに吸い込んで、沙月が体を震わせる。

「あぁ、私の大好きな太陽の匂いぃ……この匂いを私の子宮にも、いっぱい染み込ませてあげたいわ♪　ねぇ、太陽……次はお姉ちゃんママのオマンコを、あなたの白いオシッコでいっぱいにしてみない？」

もじもじと擦り合わせる沙月の太ももから、くちゅりと淫らな音がする。

姉の熱い瞳と火照った体、そして発情したメスの匂いに太陽は再びペニスを大きくしながらコクリと無言で頷き返す。

「嬉しいわ。あなたのオチンポが空っぽになるまで、ママで射精させてあげるわね♪」

沙月は太陽の体を起こすと制服を優しく脱がせ、自分も裸になると座っている太陽に正面から抱きつくように跨がった。

「ふふっ♪　私たち、すごくイケないことしてるわね♪」

間近に姉の柔らかい胸と愛液に濡れた秘所が晒されて、今からセックスをする事実に太陽の興奮はますます高まる。

「あなたのオチンポ……さっき出したばかりなのに、もうこんなに大きくなってる。これって学園でエッチなことしてるから？　それとも、お姉ちゃんママがエッチだから？」

「つ、月姉ママがエッチだからだよ！　場所なんて関係ないよ！」

早く入りたいと跳ねるペニスを、沙月が優しく手で掴んで自ら秘裂に擦りつける。

「嬉しいわ。だから、ママのオマンコもこんなに……んぁ、んんっ♪　わかる？」

竿の部分を愛液まみれにすると、今度は少し腰を上げて膣口から垂れる粘液を亀頭にたっぷりじっくり垂らしていく。

沙月の膣と太陽の陰茎が愛液で繋がって、その卑猥な熱にペニスが震える。

「月姉ママっ……俺っ……もう入れたいよっ……！」

「慌てないで。今、ママが入れてあげるから♪」

沙月が手で竿を支えながら膣口を亀頭に向かって近づけていく。

くちゅりとペニスの先に入り口が触れ、そのまま粘膜がカリまでねっとり包み込む。

「はぁっ……あぁっ……太いの中にっ、入ってきてるぅ……そうよ、もっと奥までっ……あっ、んんっ♪　偉いわ。ちゃんと奥まで入れられたわね。んぁ、あぁ……ママのオマンコ、あなたのでいっぱいになってるわ……すごく元気で立派なオチンポっ♪」

根元まで弟をすべて受け入れて、喜ぶように膣襞がペニスを熱く撫で回す。

「やっ、んんっ♪　オチンポっ、中でビクンビクンって……そんなに私で感じたいの？　それとも……もしかしてお姉ちゃんのこと、本当のママにしたいって思ってる？　このオマンコに、子宮に精子で種付けして……ママのこと、あなただけのものにしちゃいたい？」

子宮口でちゅっちゅと亀頭にキスしながら、沙月が熱い瞳で見つめてくる。

目の前の姉を自分の精子で孕ませて、自分だけのモノにする。

想像しただけで理性が弾けてしまいそうで、太陽は衝動を堪えつつ鼻息荒く何度も頷く。

「じゃあ、シテ♪　私のオマンコ、あなただけの……太陽だけのものにして♪　いっぱい射精できるように、お姉ちゃんママもオマンコでっ……オチンポ手伝ってあげるからっ♪」

腰をくねらせ、愛液まみれの膣襞で裏筋を情熱的に扱き始める。

その甘い疼きだけで太陽の理性は弾け飛び、すぐさま夢中で姉の中を突きまくる。

「あっ、あんっ！　あぁああんっ！　力強くてっ、激しいっ……はぁあんっ！　いきなりっ、こんなっ……奥までガンガンっ、オチンポ来てるっ♪」

明るい日差しのもと姉のエッチな体を見ながら、太陽はオスの本能に突き動かされる。

甘えさせて自分を認めて受け入れて、その上、自分のものにまでなってくれる。

そんな姉となら、どこまでも一緒にいたい、深く深く繋がっていたい！

「月姉ッ……月姉ッ……！」

「そんなに夢中でっ、腰振ってぇっ……いいわよっ、んくぅんんっ！　こんなっ、犯すみたいに乱暴なのにっ……私っ、感じるっ……気持ちいいっ♪　私の体っ、太陽のことっ……すっかり受け入れちゃってるのぉっ♪　私のオマンコっ……んんっ、もうっ……弟専用マンコなのぉおおおっ♪」

膣がペニスを抱きしめて、白く泡立った愛液が結合部から溢れ出る。

膣襞が強く擦れて、射精したばかりで敏感な亀頭が燃えるように激しく疼く。

「オチンポいいのっ♪　太陽のっ、どんどん馴染んでっ……すぐに気持ちよくなっちゃうのっ……太陽はぁ、私のオマンコっ……チンポ馴染んできているかしら？」

「そんなのっ、無理だよっ……こんな気持ちいいのっ、何回したって慣れっこないよ！」

「あぁあんっ！　それはそれでっ、嬉しいことかもしれないわねっ……それってっ、んぁあんっ！　私に飽きないってことだものねっ……これからも絶対に飽きさせないわっ……ずっとずっと私とのセックスにっ……私に夢中にさせてあげるからっ♪」

沙月も腰を弾ませて上下にペニスを扱き始める。

「んんっ、あんっ！　ああっ、これっ……想像以上にっ、奥に来るぅっ……太陽のオチンポ奥にぃっ……一番奥に刺さっちゃうぅっ♪」

だんだん二人の呼吸が合ってきて、亀頭が子宮口に何度もめり込む。

「ああッ！　もうッ……月姉ッ……！」

「いいわよっ、出してぇっ……そこが私の大事なところっ……その奥にぃ、太陽の熱い精液ぶちまけてぇっ……びゅびゅーっていっぱいっ……んくぅんんっ！　ああっ、もうっ……私もイッちゃうっ……イッて太陽っ……私も一緒にっ、イクからぁああああっ！」

沙月の腰が痙攣し始め、膣がペニスをぎゅうぎゅう奥へと搾り上げる。

「もうだめっ、だめなのっ……子宮が精液っ、欲しがってるのぉっ……お姉ちゃんママのっ、私の体をっ……私の好きな弟チンポでっ、あなたの子種でっ、精液でぇ……好きなよ

うに染め上げてぇえええっ♪　ああっ！　来るっ、来ちゃうのっ！　弟チンポでっ、もうイクのぉおおおおっ!!」

「月姉ッ……ママーーーーッ!!」

思いっきり突き上げようとした瞬間、にゅるんっと膣から勢いよくペニスが抜ける。

「んんん～～～～っ♪　はぁあああんっ♪　そんなっ、体にっ……んくぅんんっ、すごい……こんなにたくさんっ、おっぱいにもぉ……太陽のエッチな匂いがっ、私の体に染み込んでぇ……こんなの私ぃっ……ああっ、ダメっ……イッちゃうっ……匂いだけでっ……またイクっ……イっくぅううううううっ!!」

晴れた学園の屋上で沙月は歓喜に体を仰け反らせ、弟の精液を全身で受け止める。

射精が終わると、太陽は白濁まみれの姉を見ながら荒い息を整える。

「月姉、ごめん。ちゃんと中に出せなくて……」

「謝らないで、太陽。こんなに出してくれて、私はそれだけで嬉しいわ。それに……お姉ちゃんは、いつだって太陽に中出しされるの待ってるから♪　それより私のほうこそ、ごめんなさい。感じすぎて、オマンコで最後までオチンポのお世話ができないなんて……これじゃあ、お姉ちゃんママ失格よね」

「そんなことないよ。月姉は、まだ本当のママじゃないし……それに俺は、どっちかって言うとママよりも今は姉ちゃんに甘えたいかな」

「太陽……やっぱりあなた、少し変わったわね」

「え、そう？」

「ええ。そんな素直に甘えたいだなんて……わかったわ。お姉ちゃんママは、しばらくおあずけ。でも、今日みたいなのも母性って言うのかしら、とっても太陽のことを愛しく感じられたから……だから、いつか私を孕ませて本当のママにしてちょうだいね♪」

弟の子を孕みたいと自然な笑みを浮かべる姉に、太陽は思わず見とれる。

そして姉の望みを絶対に叶えたいと思いながら、そのためにはちゃんと稼げるようにならないと、と改めて自分に強く言い聞かせた。

●若気の至り

「高評価が三桁もつくようなったの!?　すごいじゃない、太陽くん！」

相変わらずメイド姿で太陽の部屋を掃除していた空が、弟をぎゅっと抱きしめる。

「そうなんだよ。ちょっとは上達してきたのかもね」

自分のことのように喜ぶ姉に、太陽は頬をかきつつ満更でもない顔をする。

イラストの投稿を始めてから三ヶ月あまり。

学園へ通う以外は毎日タブレットの前に座り、甘える日々を続けながらも姉たちの期待に応えようとエロ絵を描いて描いて描きまくった。

「最近、顔色もいいし。よかったね、太陽くん」

「え？　そんなに顔色悪かった？　俺……」

「うん。絵を描き始めた頃は思い詰めた感じで、本当に辛そうだったよ」

太陽は自分がエロ絵を描き始める前のことを思い出す。

（あのときは確かに辛かったけど……）

それも今では空のおかげもあって、こうしてモチベーションを保てている。

「心配かけたね、空姉」

「ううん、いいんだよ。それで、今日の進み具合はどうなの？」

「一点仕上げて、もうアップ済みだよ」

「それなら、今日はゆっくりできそうだね。じゃあ、頑張った太陽くんにご褒美。いい子いい子してあげる♪」

空に抱きしめられたまま、その柔らかな胸を感じながら頭を優しく撫でられる。

体から余計な力が抜けていく感覚に、結構集中して描いていたことに気付かされる。

「ねえ、太陽くん。よかったら、今からどこかで気分転換しない？」

「それって、お出かけするってこと？」

「うん。最近、全然外に出てなかったでしょ？　一緒にどうかな？」

「そうだね。いいかも」

「よかった♪　じゃあ、早速用意してくるね」

太陽をぎゅっと抱きしめてから離れると足取り軽く空が部屋から出ていく。

「空姉とお出かけかぁ……」

いつも自分を甘やかしてくれる空に楽しい時間を過ごして欲しい。

姉の笑顔を思い浮かべながら、太陽はそんなことを考えていた。

◇

「空姉、どうして電気街なの？　もっとこう、おしゃれなショッピングモールとかのほうがよかったんじゃない？」

「いいのいいの♪　掃除機の新製品とか気になってたから、最近のって軽くて静かで、なのに吸引力がすごいんだよ♪」

「へぇ、そうなんだ」

電気街を歩きながら目を輝かせて力説する空に、太陽もなんだか興味が湧いてくる。

「それに、駅前におしゃれなテナントの入った大きなビルもあるから、嫌じゃなかったら、そっちも付き合ってちょうだいね」

「もちろんいいよ」

楽しそうな様子の空に来てよかったと思っていると、ふと気になるものが目に留まる。

「ん？　あれって……」

「どうしたの？　太陽くん」

「ちょっと、あそこに寄ってもいいかな？」

「あれって……ゲームセンター？」

「うん。流行ってるゲームがあって、そのキャラクターが人気らしいんだ。絵にも流行《はや》り廃《すた》りがあるから、生の情報で最近のトレンドをしっかり掴んでおきたいんだけど、まだアーケードだけでコンシューマー向けが出てないやつだから動画とかも少ないんだよね」

特にエロ絵は流行に敏感で、チャンスを逃さないためにも情報収集は重要だった。

「なんだか難しい言葉がいっぱい出てきたけど……遊ぶんじゃなくて絵の勉強のためってことだよね。太陽くん、本当に変わったね。今の太陽くん、すっごく格好いいよ」

「そ、そうかな？」

いつも甘やかされてはいるけれど、それとは違った嬉しさに背中が少しかゆくなる。

「でも、せっかくの息抜きなんだから頑張るのもほどほどにね」

「うん。じゃあ少しだけ」

空と一緒にゲームセンターへ入ると太陽は格闘ゲームの筐体に向かう。

お目当てのゲームはさすがに人気で、筐体の周りは人だらけだった。

その中に入って充分に観察すると、太陽は空とともに人混みを離れる。

「太陽くん、もういいの？」

「うん。早く家に帰って描いてみたいしね」

実際の人気とキャラクターの魅力に、太陽は描きたい衝動を抑えきれずにいた。

「ふふ♪　太陽くん、ヤル気満々だね。じゃあ、その情熱が冷めないうちに――」

と、そこで空の視線がある一点でピタリと止まる。

「ねえ、太陽くん。ちょっとだけ、あれやっていかない？」

「あれって……写真シール撮るやつ？」

「うん。太陽くんと一緒の写真って、ずいぶん撮ってないでしょ？　せっかくだし、どうかなーって。だめかな？」

「俺はべつに構わないけど……」

囲われた撮影ブースを見ながら太陽はあることを思いつく。

「よし！　行こう、空姉っ！」

「え？　ど、どうしたの？　太陽くんって、そんなに写真好きだったっけ？」

戸惑う姉の手を引いて、太陽は一番奥にあるプリントシール機へと向かった。

◇

「ちょっ、ちょっとっ⁉　太陽くん……この格好、すっごく恥ずかしいよぉ……」

胸も下半身も丸出しにした空の脚を抱えて、太陽はその痴態をプリ機に向ける。

「空姉、めちゃくちゃ可愛いよ。それに、これもモデルだと思えば前とあんまり変わらないでしょ？　せっかくだから一番可愛い空姉を記念に残そうよ！」

「可愛いって……ま、まあ、太陽くんがどうしてもって言うなら……」

顔を真っ赤にしながらも空の秘所はすでに濡れ始めていた。

「うぅ……目の前の画面にバッチリ映っちゃってるよぉ……私の恥ずかしいところが丸見えだよぉ……こんなのやっぱり……ね、ねぇ、誰か来たりしないよね？」

「大丈夫だって。周りからは見えないし、俺だって空姉のこんな姿は俺以外の誰にも見せたくないからさ。それに、もしバレたら俺も一緒に怒られるよ。安心して、いつだって俺と空姉は一緒だよ」

「うん、信じてるよ。私もこんな姿、太陽くんにしか見せたくないから……それで、えっと……本当に、このまま入れちゃうの？」

「もちろん。ほら、俺のも準備万端だよ」

「わ、わぁ……もうこんなに……これが今から入っちゃうんだ……」

少し動いただけで膣口に入りそうなくらい、太陽のペニスは勃起して反り返っていた。

「じゃあ、あんまり時間かけると怪しまれちゃうし、空姉の中に入れるね」

「う、うん……まさか、こういう写真を撮るとは思ってなかったから……うぅ……顔から火が出そうだよぉ……」

「これも俺と空姉の大切な記念だよ」

顔を両手で覆う姉を可愛いと思いながら、太陽は剛直を肉襞の中へと入れていく。

「ん、んんっ……はぁぁ、やだっ……すっごくゾクゾクしちゃうよぉ……アソコがっ、なんだか感じやすくてぇ……んんっ、はぁっ……あぁあんっ♪」

ねっとりと膣がペニスにまとわりついて、溢れた愛液が太陽の玉袋まで熱くする。

プリ機の画面には羞恥と快感でとろけた空の表情が映し出され、自分をすべて受け入れた姉の姿にペニスがますます熱くなる。

「これ、すごいぃ……太陽くんのがっ、お腹の奥までいっぱいだよぉ……私のアソコがっ、こんなに太いの咥えちゃってるっ……お外で私ぃ、太陽くんと繋がってるよぉ……♪」

自分の痴態に空は体を震わせて、締まった膣口からとろとろとさらに愛液が溢れ出る。

すると、外から足音とともに若い女性の声が聞こえてくる。

「ねぇ……次、これやってみる？」

「うーん。あ、メイクカラーの新色出てる♪　いいじゃん、やろうよ♪」

隣のブースに入った学園生らしき二人組が、ワイワイ写真を撮り始める。

「ど、どうしよう、太陽くん……誰か隣に来ちゃったよぉ……」

「大丈夫。声を抑えてればバレないから……ゆっくり行くよ？」

雑多なゲーム音や話し声がする中で、太陽は腰を静かに動かしていく。

「ん、はぁ……あっ、んんっ……オチンポ動いてっ……これっ、やだっ……太陽くんのっ、チンポの形ぃ、すっごく中でわかっちゃうぅ……♪」

「空姉っ……声っ、抑えないとバレちゃうよ？」

「そんなことっ……言ったってぇ……やっ、やぁ……アソコが勝手に締まってぇ、チンポにくっついていっちゃうよぉ……んんっ、はぁっ……んんん～～～っ♪」

羞恥のせいか膣が締まってペニスにまとわりついてくる。

裏筋を強く扱かれ蠢く襞に亀頭を熱く舐め回されて、腰が勝手に震えだす。

「ひっ、くぅぅっ……オチンポっ、すっごくおっきいよぉ……ごりごりってぇ、オマンコいっぱい引っ掻かれてぇ……奥にもすっごくっ……ああっ！　んぐっ……一番奥にぃ、そんなにぐりぐりしないでぇ……♪」

締まる膣襞を掻き分けるたび、ぐちゅぐちゅと愛液が糸を引いてジリジリとした甘い痺れが亀頭に蓄積されていく。

「ね、ねぇ……なんか変な音しない？　濡れた雑巾、殴ってるみたいな音」

「はぁ？　なによそれ？　どうせ掃除のおじさんがモップ掛けでもしてるんじゃない？　そんなことより、どの色にする？　このライトパープルなんていいんじゃない？」

隣の声に、空が顔を真っ赤にしながら泣きそうな顔をする。

「濡れた雑巾なんてひどいよぉ……私、そんなに汚くないもんっ……」

「空姉……そこ気にするより、もう少し声抑えたほうがいいんじゃない？」

隣の様子を気にしながらも、太陽は非日常にドキドキしながら姉の中を掻き回す。

「はぁ、んんっ……そんなこと言ったってぇ……ずっと気持ちいいとこっ、ぐりぐりってされてるからぁ……奥がすっごく疼いちゃうのぉ♪　あぁあんっ♪　もっとずぼずぼオチンポ欲しいっ……いっぱい太陽くんが欲しいよぉ♪」

甘えるように子宮口が亀頭に吸いつき、膣全体がペニスをぎゅうぎゅう抱きしめてくる。

「わかったよっ……じゃあ、いっぱいするからっ……声、ちゃんと我慢しててねっ……！」

空を抱え直して、しっかりペニスで狙いをつけると腰を思い切り突き上げる。

「んくぅんーーーーっ⁉　あっ、んんっ……オチンポ奥にぃ、刺さって来たぁ……♪」

「ほらっ、空姉っ……カメラのほうをしっかり見てっ……！」

太陽が素早くパネルを操作すると、セックスの音に混じって可愛らしい合成音が『撮影モードを選んでね！』と言ってくる。

「え⁉　な、なに⁉　急に言われてもっ、わかんないよぉっ……ああっ、やぁっ……オチンポずぼずぼっ、激しすぎるよっ……セックスしてるの全部見えてるっ、おっきい画面に映ってるぅ……♪」

「今から撮るよっ……ほらっ、笑って空姉っ……！」

空を抱えて突き上げながら指先でプリ機をなんとか操作する。

「そんなっ……んぁっ、あんっ……笑えっ、ないよぉ……太陽くんのオチンチンっ、気持ちよくってっ……やぁあんっ……私ぃ、すっごくエッチな顔してるぅ……恥ずかしすぎるよっ……だめだめっ……やだよっ……こんな顔っ、撮らないでぇっ……！」

「んー。やっぱり変な音しない？　ハッキリとは聞こえないけど、なんかアダルト動画みたいな……女の人のエッチな声っていうか……」

「まっさかー。あ、でも、もしかしたらAVの撮影してたりして。覗いてみる？」

「いやいやっ！　それはそれでヤバいって！」

「もう、冗談だってば。あっ、このフレームめっちゃ可愛い♪　ほら撮るよ。ピース♪」

姉弟がセックスしている隣では、相変わらず学園生たちの楽しい声が聞こえてくる。

「よかったね、空姉。まだバレてないよっ……ほらっ、空姉もピースしてみてっ……できれば両手でっ……いくよっ、ピース！」

「無理無理ぃ……上手く力が入らないのっ……気持ちよすぎてっ、あぁあんっ！　奥っ、そんなに突かないでぇっ……聞かれてるのにっ、私のエッチな声もヤらしい音もぉ……こんなの恥ずかしすぎるよっ……なのにっ、なんでぇ……こんなに私っ、感じちゃうのっ……んぁああんっ！　はぁあんっ！　早く撮ってっ、終わらせてぇ……ピースするからっ……ピースっ、ピースぅっ……！」

『撮影するよ！　画面を見てね！　三、二、一、チーズ！』

シャッター音とともに、まばゆいフラッシュが空の全身に浴びせられる。

「はぁああんっ！　やだぁ……撮られちゃったよっ……弟とエッチしながらピースしてるのっ……あっ、んんっ……なんでぇっ……アソコがっ、きゅんきゅんしちゃうよぉっ♪」

「うーん。ちょっとぶれてるから、もう一回ね」

撮り直しの操作をすると、太陽は空の体をしっかり固定し激しく下から突きまくる。

「もうっ、許してぇっ……あぁああんっ！　あんっ！　やぁっ……また撮るなんてぇ……綺麗に撮らなくてもいいからぁ……早く終わってっ……終わらせてぇっ……！」

「ダメだよ。せっかくの記念なんだからっ……そうだ。動画機能もあるみたいだし、そっちも使って撮ってみよう」

『撮影するよ！　画面を見てね！　三、二、一、チーズ！』

再びフラッシュが瞬いて空の体がビクンと跳ねる。

「はぁああんっ！　んんん〜〜〜っ！」

「今度は連写で撮ってみるか」

『撮影するよ！　画面を見てね！　三、二、一、チーズ！』

「あぁあんっ！　だめだめっ……撮らないでぇええええっ！」

フラッシュが連続し、空の痴態が大きな画面に次から次へと表示される。

「うーん。念のために、もう一回連写で」

『撮影するよ！　画面を見てね！　三、二、一、チーズ！』

「んくぅんんっ！　私っ、こんなのっ……もうっ、もうッ……！」

フラッシュを浴びて、目の前の高画質な画面に痴態がはっきり晒されるたび、空はまるで見知らぬ誰かに視姦されているような変な感覚になっていた。

背すじをゾクゾクとした快感が駆け抜けて、お腹の奥がどうしようもなく甘く疼き、今まで味わったことのない気持ちよさに助けを求めて膣が弟のペニスにしがみつく。

「くっ、さすがにここまでかっ……出すよっ、空姉っ！」

イキそうな膣に亀頭を熱く扱かれて、姉の痴態で滾ったペニスもすぐに疼きが強くなる。

「来て来てっ、はやくぅっ！　私もイクからっ、イッちゃうからぁっ！　イクイクイクイクっ……ああっ、だめっ……んくぅん〜〜〜〜〜〜〜っ!!」

『撮影するよ！　画面を見てね！　三、二、一、チーズ！』

空がイッた瞬間に太陽も膣奥へと射精して、フラッシュが繋がる二人を包み込む。

「あ、あぁぁ……出てるぅ……熱いの出てるよ……太陽くんのがいっぱい中にぃ……子宮が精液っ、飲んじゃってるのぉ……これ、すっごく気持ちいいよぉ♪」

空の腰がビクンビクンと痙攣し、締まる膣が子種を一滴残らず搾り取る。

「恥ずかしいよぉ……一番エッチな私の姿ぁ……こんなにいっぱい撮られちゃったぁ♪」

プリ器の画面には中出しされてとろけた顔の空が映され、『落書きタイムだよ！』と可愛らしい声が聞こえてくる。

「ねぇ、太陽くんはなんて書くの？」

「俺は、こうかな？」

空を抱きかかえたまま、太陽はペンを取って画面に文字を書いていく。

「じゃあ、私は……こんな感じかな♪」

空も繋がったままペンを受け取り、同じようにペンを動かす。

そしてプリントされたシールには、中出しされて幸せそうな空の姿と一緒に『大大大大大好きな姉ちゃん！』『だ〜〜〜〜い好きな弟くん♪』と二人の気持ちが添えられていた。

第三章 実りの季節

●文化祭の夜

「お疲れさま。これで撮影終了よ」

沙月の言葉とともに生徒会メンバーが安堵と喜びの声を上げる。

紅葉も始まり、いよいよ文化祭まで一ヶ月を切った頃。

生徒会は出し物として沙月が主演、太陽が脚本という恋愛映画を制作していた。

「予定より少し早く撮影が終わったし、これなら編集も余裕を持ってできそうね」

同席していた太陽に沙月が視線を向ける。

「うん。これだけ時間があれば大丈夫だよ。一週間以内には完成できると思う」

「頼もしいわね。大変だとは思うけど、よろしくね。太陽♪」

撮影がすべて終わり、翌日から太陽以外は文化祭の準備を生徒会として進めることになっていて、明日に備えてこの日はそのまま解散となった。

「これで上映は終了です。次の上映は十五分後になります」

窓に暗幕を吊るして上映会場にした教室の照明がつき、映画内で着ていたドレスに身を包んだ沙月がアナウンスをする。

◇

文化祭当日。

生徒会の映画は好評で、ドレス姿の沙月を記念に撮りたいという人も出るほどだった。

「月姉、みんな楽しんでくれてるみたいだね」

「ええ。これは成功――いいえ、大成功と言っていいわね」

楽しそうに感想を言い合いながら教室を出ていく人たちを見て、二人は笑顔を浮かべる。

すると、先ほどの上映を見ていた地歩と空がやって来た。

「お疲れー。沙月、すごいじゃん。ちゃんと演技できてて」

「地歩ったら失礼ね。もうちょっと普通に褒めなさいよ。面白かったでしょ？」

「あはは……ごめんごめん。面白かったよ。ね、空？」

「うん。二人とも頑張ったね。お疲れさま。沙月、太陽くん」

「ありがとう、空。やっぱり太陽が台本や編集を頑張ってくれたおかげね。もちろん生徒会のみんなもよく頑張ってくれたわ」

「でも、素人映画でここまでできたのは、やっぱり月姉が主演だったからだよ」

太陽に褒められて沙月が嬉しそうに目を細める。

そんな沙月を見ながら空が感慨深げに口を開いた。

「沙月、少し変わったわね」

「え？　私、どこか変わったかしら？　もしかして太った？」

「そうじゃなくて、以前なら『よい映画ができたのは私のおかげ』くらいは言いそうだなと思って……それをちゃんと『みんなのおかげ』って言ってるから変わったなって」

「私、そんなに周りの努力まで自分の成果にしていたかしら？」

「そこまでは言わないけど、自分が誰よりも頑張った成果だとは思ったんじゃない？」

「それは……そうかもしれないわね。でも、なんで今の私はそう思わないのかしら？」

「そんなの太陽のおかげに決まってるでしょ。鈍感だなー、沙月は」

それまで黙っていた地歩が呆れたように沙月を肩で小突いてくる。

「太陽のこと甘やかすうちに、きっと太陽だけじゃなくて周りに対しても思いやりの心を持てるようになったんだよ」

「地歩。それだと私には思いやりの心がなかったみたいに聞こえるけど……」

「え？　そう？」

「はぁ……まあ、でも……太陽のおかげっていうのは確かだと思うわ。本当にありがとう、太陽。あなたがいてくれたから今の私があるんだわ」

素直な感謝の言葉に太陽の顔が赤くなる。

そんな弟に地歩と空も笑みを浮かべ、次の上映時間になると二人は教室を出ていった。

その後、太陽と沙月は生徒会メンバーの計らいで文化祭を二人で回り、あっという間に楽しい時間は過ぎていった。

◇

「文化祭、無事に終わってよかったわね」

暗い教室の開いた窓。そこから後夜祭のキャンプファイヤーを見つめ、沙月がほっとしたように、でもどこか寂しそうに言葉を漏らす。

「そうだね。映画も好評だったし月姉と出し物も回れて、文化祭を満喫したって感じだよ」

沙月の横で同じキャンプファイヤーを眺めながら、太陽も心地好い疲れと祭りの終わりをしみじみと感じていた。

後夜祭は教師主導なので生徒会は基本的にやることがない。

「私は最後の文化祭だから、太陽と一緒に楽しめて本当に幸せだったわ」

沙月がそっと太陽の手を取って指を絡める。

柔らかい手のひらから沙月の体温が伝わってきて、太陽はドキドキしながらも勇気を出して姉の手を握り返した。

「俺も、こんなに楽しい文化祭は初めてだよ。きっと月姉のおかげだね」

この手を放したくない。

自分のことを、こんなにも想って――愛してくれる人。

今なら沙月の愛を信じられるような気がしていた。

「月姉……俺、月姉のこと――」

「それ以上はダメ♪」

太陽の想いを遮って沙月が唇を甘く重ねる。

「ちゅっ、んちゅっ……れるっ、ちゅぷっ……」

「んんっ!? 月っ……姉っ……？」

「ふふっ♪ キス、しちゃったわね。そう言えば、これが私のファーストキスになるのかしら？ オチンポにはたくさんしてるから少し変な感じだけど……でも、やっぱり太陽と……好きな人とするキスって幸せね♪」

「月姉、なんでダメって……」

「だって、私のほうから言いたかったんだもの。この今にも溢れそうな気持ちを♪」

沙月がこつんと額を合わせ、真っ直ぐに太陽を見つめる。そして――。

「大好きよ。愛しているわ、太陽。ちゅっ、んちゅ……」

もう一度ついばむようなキスをする。

沙月の瞳に映ったキャンプファイヤーの明かりが揺らめき、彼女の手がすっかり硬くなった太陽の股間を優しく撫でてくる。

「ねぇ、太陽。返事は言葉じゃなくて、私への愛で示してちょうだい♪」

太陽は無言で頷くと沙月を優しく押し倒す。

そして黒いドレスをはだけると、その豊満な胸を露わにした。

教室に差し込む静かな月明かりが綺麗なふたつの月を照らし出し、太陽が取り出した肉棒はキャンプファイヤーの明かりを受けて松明《たいまつ》のように熱く滾る。

太陽はすでに我慢汁の溢れだした肉棒を、姉の満月のような胸の間で挟み込む。

「あ、んんっ……太陽のオチンポ熱くて硬いわ。太陽も、ちゃんと興奮してるのね」

「うん、興奮してる。今の月姉、すっごく綺麗だよ」

乳房はペニスを隙間なく包み込んで、その心地好さに太陽は腰を震わせる。

「太陽にそう言ってもらえるなんて嬉しいわ。でも、太陽も逞しくてとっても素敵よ。おっぱいで挟んだだけで、こんなになるなんて……ねぇ、太陽は私のおっぱい好き？」

「もちろん大好きだよ」

真っ直ぐ沙月を見下ろして即答する弟に姉の頬が赤くなる。

「私も大好きよ。小さい頃はあんなに可愛かったのに、今はとっても頼もしくて……どんどん素敵になっていくあなたを見てると、それだけで胸がいっぱいになりそうだもの」

「そ、そうかな？」

「そうよ。生徒会のピンチを救ってくれたし文化祭だって……太陽が創作活動を頑張ってたから、あんなに素敵な脚本ができたんだもの。これ以上、太陽が魅力的になったら……ああっ♪　きっとお姉ちゃん、太陽なしでは生きられなくなっちゃうわ♪」

沙月の昂《たか》ぶりが熱となってペニスにも伝わり、その潤んだ瞳を見ているだけで、どうしようもなく姉を自分のモノにしたくなる。

「私、あなたのモノになりたいの。だから今夜は、あなたの好きにしてちょうだい。お姉ちゃんのおっぱいもオマンコも、好きに使って全部あなたのモノにして♪」

「…………月姉」

姉と心が繋がったような気がして太陽の胸が熱くなる。

「ありがとう。俺……月姉のこと、ずっとずっと大事にするから」

姉の乳房にペニスを押しつけ、気持ちを込めて腰を前後に動かしていく。

「くっ……はぁ……月姉、痛くない？　大丈夫？」

「大丈夫よ。ん、あぁ……いいから、そのままっ……私の胸を使ってちょうだいっ……あっ、うんっ♪　そう言えばっ……私のおっぱいを太陽が使うのって初めてだったかしら？」

「そうだねっ……いつもは月姉にしてもらってたからっ……」

すべすべの肌が汗をかいてペニスにぴったり吸いつき始める。

カリがねっとり扱かれて、痺れるような快感に我慢汁が溢れ出す。

「ねぇ、太陽っ……もっと力を入れても大丈夫よっ……おっぱいって、意外と強くしても痛くないからっ……だから遠慮しないでっ……自分が気持ちよくなることだけ考えてっ……思いっきり私のおっぱい使ってちょうだいっ♪」

「こうっ……かなっ？」

慣れない動きにもどかしさを感じつつも、姉の想いに応えたくて乳房をぎゅっと強く掴むと必死に腰を振っていく。

「ふぁ……んんっ♪　太陽がぁ、私のおっぱいっ……ぎゅうってしてるぅ♪　もっと強くぅ……もっとしても平気だからっ……んくぅんんっ……あっ、いいっ♪」

指の跡がつきそうなほど力を入れても、沙月は痛がるどころか甘い吐息を漏らし始める。

自分で感じる姉の姿に肉棒は硬さを増して、腰と手にはますます力がこもっていく。

「はぁっ、ああっ……なにこれっ……んぁああんっ♪　おっぱい擦れてっ……それだけなのにっ……太陽にっ、使われてるって思うと私ぃ……嬉しくってっ、気持ちよくてぇ……はぁああんっ♪　いいのぉ♪　もっといっぱいおっぱい使ってぇ♪」

まるで自分の形を刻むように、太陽は姉の胸で一心不乱にペニスを扱《しご》く。

「あっ、やぁっ♪　おっぱいにぃ……指がすっごく食い込んでぇ……チンポもぐちゅぐちゅ擦れてるぅ……おっぱいにぃ、太陽の跡がいっぱいついちゃうっ……ドキドキするのぉ……おっぱい感じるっ、気持ちいいのぉっ♪」

我慢汁で胸の間の滑りがよくなり、スムーズにペニスが前後に動き始める。

「これならっ……月姉もっ、もっと感じてっ……！」

さらに強く胸を掴んで、沙月の胸をペニスで激しく扱いていく。

「そんなのっ、だめよぉっ……私のことより太陽がっ、もっと私で感じるのっ……！」

「俺っ……月姉がっ、気持ちよさそうに感じてる顔が一番興奮するんだよっ！　だから、もっと俺ので感じてっ！　弟で感じるっ、エロい月姉をもっと見せてよっ！」

沙月の胸を揉みながら、犯すように谷間へとペニスを突き入れる。

「やぁあああんっ♪　オチンポ激しいっ、おっぱいもおっ……そんなこと言われたらぁっ……私っ、私ぃっ……我慢できなくなっちゃうからぁああっ♪」

「月姉っ……月姉ッ！」

「太陽のオチンポ熱いぃっ……エッチな匂いもっ、すっごく濃くてっ……あぁああんっ♪　いいのぉっ♪　頭の芯まで痺れちゃうっ……おっぱいにぃ、弟チンポの匂いがついちゃうっ……もっといっぱい擦りつけてぇええええっ♪」

沙月の体が仰け反って、揉みしだく胸の乳首が誘うように勃起する。

太陽は腰を激しく振りながら欲望のままに、その淫らな膨らみを摘まんで扱いて弄ぶ。

「はぁああぁあんっ！　乳首ぃ……それダメっ、気持ちよすぎるのぉおおおっ！」

「好きだよ月姉っ……エッチな月姉っ、大好きだよッ！」

止めどなく溢れる我慢汁と熱い気持ちを姉の体へ塗り込み続ける。

「ひぅっ、んんっ！　先っぽだめなのっ……好きって言いながらしちゃだめぇえええっ♪　もっともっと感じちゃうからっ……太陽をっ、もっと欲しくなっちゃうのぉおおおっ♪」

「なら、もっと言うよ！　好きだ、月姉っ！　大好きだよっ！　本当に本当にっ……綺麗で賢くて俺を甘えさせてくれてっ……そんな月姉の全部が大好きだよっ！」

「それっ、ズルいわよぉっ……あぁあんっ！　だめぇっ……嬉しすぎてっ、おっぱい感じるっ……オマンコもぉっ……太陽に触れられてるって思うだけでぇっ……体が勝手に反応しちゃうのっ……気持ちよすぎるっ、よすぎるのぉおおおっ♪」

弾力のある乳首を指で転がしながら乳房を手のひらで揉みしだき、射精に向けてひたすらペニスを突き入れる。

「出すよっ、月姉ッ！　月姉のおっぱいにっ……俺の出すからッ……！」

「出してっ、出してぇっ♪　あぁあんっ♪　オチンポ震えてっ……オシッコの穴もヒクヒクしてるぅっ……出ちゃうのっ、太陽の精液がぁっ……私の胸にかけられちゃうのぉっ♪」

「そうだよっ！　月姉のおっぱい大好きだからっ……たくさん出すよっ、俺のにするからっ……だからっ、俺の気持ちを受け止めてっ！」

ペニスが胸を貫くたびに、灼けそうなほどの熱い痺れが亀頭に蓄積されていく。

「私に頂戴っ、愛するあなたの精液全部ぅっ……ちゃんと見ててあげるからっ……上手に射精するとこ見せてっ……私にかけてっ……太陽っ、太陽ぉっ♪」

期待で満ちた沙月の瞳に見つめられ、太陽の姉への想いが溢れ出す。

「月姉ッ……好きだよっ！　あぁッ！　もうッ……イッくぅうううううっッ‼」

姉の乳房を鷲掴みにしてペニスに押し当て、射精しながら腰を振る。

「んぁああんっ！　すごいぃっ……顔にもいっぱいっ、かかってるぅうううっ♪」

精液の雨を浴びながら沙月が恍惚とした笑顔を浮かべる。

「はぁ、はぁ……月姉……大丈夫？」

「んはぁ……太陽のがお口にもぉ……れるっ、んくっ……これが太陽の味なのね♪」

口元に付いた精液を舐め取り、美味しそうに喉の奥へと流し込む。

それだけで、太陽のペニスは萎える暇なくすぐに硬さを取り戻す。

「さすが太陽のオチンポね。これならオマンコも太陽のモノにしてもらえるわ♪」

「うん。今日はいつも以上に出そうだから、月姉のこと全部俺のモノにしてあげられるよ」

「嬉しいわ。それなら今度はオチンポとオマンコで、いっぱい愛し合いましょう♪　言葉よりも濃くて熱いあなたの気持ち、私の奥で感じさせて♪」

太陽がどくと沙月はドレスの裾をまくり、下着を脱いで股を大きく開いてみせる。

すでにぐっしょり濡れた秘裂が月明かりに照らされて、ひくつく粘膜の入り口と溢れ続ける熱い蜜とが薄暗い中に浮かび上がる。

「ねぇ、早くここに入れて♪　私、太陽と早くひとつになりたいの♪」

ぱくぱくとペニスをねだる膣口に太陽はペニスの先を軽く当てる。

「あぁ……すごく熱いわ♪　おっぱいで感じるよりも、ずっとずっと熱くて……んっ、やぁっ♪　そんなに擦りつけないでぇ……ただでさえ敏感になってるのにぃ……いいからっ、早く奥までちょうだいっ……オマンコ疼いてっ、頭がおかしくなりそうなのぉ♪」

「俺も我慢できないよ。じゃあ、奥まで入れるからね」

吸いついてくる膣口に、その奥の気持ちよさを想像しながら亀頭を中へ入れていく。

「ああっ、いいっ♪　入ってっ……はやく入れてぇっ……そんなゆっくりしなくていいからっ……はぁあああんっ♪　チンポがっ、オマンコ押し広げてるぅ……こんなのっ、感じすぎちゃうっ……オチンポっ、もっと欲しくなるぅううううっ♪」

ペニスを奥まで咥え込もうと沙月が腰をくねらせる。

そして、ようやく子宮口に亀頭が届くと、しがみついた膣口から白く濁った愛液が染み出すように溢れ出る。

体は入れただけで痙攣し、その表情はすっかりとろけてメスの顔になっていた。

「太陽ぉ♪　私、軽くイッちゃったぁ……でも足りないのぉ……奥がすっごく疼いちゃってぇ……もっとオチンポ欲しがってるのぉ……早くオチンポっ、オマンコ突いてぇ♪」

愛液まみれの膣襞がカリにねっとり絡みつき、もっと奥へと催促してくる。

「わかったよっ……いっぱい突いて気持ちよくするからっ……」

射精直後の敏感な亀頭を撫で回されて、太陽は溜まらず腰を動かし始める。

「はぁっ、ああっ……いいのぉっ♪　オチンポっ、ごりごりっ……んくぅんんっ♪　あはぁああんっ♪　奥にもいっぱいっ、当たってるぅっ♪」

締まる膣をカリで引っ掻き、一番奥まで突き入れては亀頭を子宮口に押しつける。

「あぁあああっ！　だっめぇっ♪　今日の私ぃ、感じすぎてぇ……もっともっと欲しくなっちゃうっ♪　そんなっ、じっくり擦られたらぁ……オマンコ準備しちゃうのぉ♪」

「準備ってっ……何の準備っ……？」

「そんなのっ、決まっているじゃないっ……あなたの精液っ、飲む準備ぃ……子宮が疼いて欲しがってるのぉ♪　濃くて熱いの注いで欲しくてっ……一番奥にぃ、あなたの精液っ……熱い太陽の子種汁っ……子宮が飲みたくなっちゃってるのぉっ♪」

「そんなエロいこと言われたらっ……我慢できなくなっちゃうよっ！」

「我慢なんてしなくていいのぉ……あなたのすべてを受け止めるからぁ♪　だから、もっとぉ♪　もっと激しくオマンコ突いてぇ……一番奥に熱いのどぴゅどぴゅ注いで欲しいのっ♪　あぁあんっ♪　はやくぅ♪　子宮に精液っ……中出ししてぇっ♪」

腰をくねらせながら亀頭に膣襞を絡みつかせ、敏感なところばかりを集中して扱かれる。

「ああっ……これっ、すごいぃ♪　オチンポっ、大きく硬くなってぇ……子宮にオチンポっ、キスしてるぅっ♪　オチンポキスいいっ……頭の芯まで痺れるのぉおおおっ♪」

奥を突くたび亀頭に子宮口がぴったり吸いつき、早く種付けしてとせがまれる。

「もうだめっ！　こんなの我慢できないのぉ……今すぐイカせてっ……お願いっ、太陽っ！　私のオマンコっ、あなたの熱い精液でっ……早くあなたのモノにしてっ……！」

「月姉っ……本当に俺のモノになってくれるのっ？」

「なるわよっ……だってぇっ、こんなにあなたが好きなんだものっ……好きな気持ちが止まらないのっ……もっとあなたを感じたくて、あなたとひとつになりたくてぇっ……私のオマンコっ、勝手にオチンポ欲しがっちゃうのぉ……子宮がずっと疼いてるのぉ……だから早くぅ♪　私のオマンコっ、精液まみれのどろどろにしてぇえええっ♪」

「月姉エロすぎっ！　わかったよっ！　このまま奥に中出しするからッ！」

いつも以上に求められ、種付けしたい衝動が腰の動きを加速させる。

「太陽っ♪　太陽ぉ♪　出してっ……あなたの精液っ、奥にぃ……大好きなっ、あなたの子種を子宮に全部っ、溺れるくらいにたっぷり出してぇぇえぇっ♪」

「たまらないよっ！　こんなエッチな月姉知ったら、もっともっと好きになるよっ！」

「あぁあああっ♪　だからぁっ……そんなこと言われたらぁっ……オマンコ勝手に反応しちゃうっ……もっともっと欲しがってぇ……ああっ！　だめっ、私ぃ……すぐにイッちゃうっ……太陽っ、好きぃっ……愛しているのぉおおおおっ♪」

膣がペニスを熱く抱きしめ、沙月の腰が激しく痙攣し始める。

「俺も好きだよっ！　月姉のことっ……だから一緒に俺とイってッ！」

「イクイクっ！　イクからっ……だから早くぅ……私をっ、孕ませるくらいにぃっ……太陽の熱い愛で私の子宮を満たしてぇええええっ♪」

亀頭と子宮が口づけをして、太陽の熱い想いが沙月の中へとほとばしる。

「うっ、くぅうううっ！　月姉っ、出てるよっ！　奥にいっぱいっ……出してるよッ!!」

「わかるっ♪　わかるぅうううっ♪　これっ……だっめぇ♪　奥に溜まっててっ、満たされてぇっ……子宮が太陽のモノになるぅっ♪　嬉しすぎるのっ、こんなのまたイクっ……ぁあああっ！　イクイクっ……またイクっ、イックぅうううううっ♪」

びゅるびゅる精液を注がれるたび沙月の体が歓喜に仰け反る。

それを見ながら太陽は、オスの本能が満たされるまで子宮に精液を注ぎ続けた。

「気持ひ、よかったぁ……頭の芯まで痺れてぇ、子宮が太陽のでいっぱいぃ……♪」

子宮を白濁に染められた沙月の顔は、これ以上ないくらい幸せでとろけていた。

「月姉……思いっきりしちゃったけど大丈夫だった？」

「大丈夫だけど、気持ちよすぎてオチンポ中毒になっちゃいそうよぉ……もし、そうなったら太陽、責任はとってくれるわよね？　私は、もう……あなただけのモノなんだから♪」

「もちろん！　そのときは四六時中月姉とエッチして過ごせるように頑張るよ」

気付けば賑やかだったキャンプファイヤーも静かになっていて、太陽と沙月は祭りの余韻を味わうように、しばらく二人で抱き合っていた。

●歩幅を合わせて

季節も冬になり、学園の三年生にとっては進学シーズン本番となったある日。

太陽は姉たちとソファーに座ってテレビを見ながらくつろいでいた。

「そう言えば、月姉は進学先どこ狙ってるの？」

「私？　私は誠王大学よ」

「ええっ⁉　誠王って、あの難関大学の誠王⁉」

「そうよ。これまでだってコツコツ準備はしてきたし、この調子なら合格圏内だと思うわ」

「へ、へぇ……そうなんだ……じゃあ、空姉は？　空姉も大学に行くの？」

「ううん。私は勉強よりもしたいことがあるの」

「勉強よりもしたいこと？」

「私、料理が好きだから料理学園に行こうと思って」

「なるほど。それは空姉らしいね」

「ありがとう♪　太陽にそう言ってもらえると嬉しいな」

「じゃあ、ちー姉は？」

「あたし？　あたしはねー、スポーツ推薦で仁天堂大学でーす♪」

「ウソっ⁉　仁天堂って世界規模の選手を何人も輩出してるっていう超名門大学だよね。しかもスポーツ推薦って、つまりもう入学が決まってるってこと？」

「そうよー。あたしの輝かしい未来は、すでに約束されているのだー♪」

えっへんと胸を張る地歩に、太陽は感嘆の溜め息を吐く。

沙月と空だけでなく地歩まで進路を決めていることに、太陽は少し焦りを感じていた。

まだ卒業まで二年あるとはいえ、同人作家になるためにイラストを描き始めたばかりで稼げるまでには程遠い。

かといって進学と言われても今は具体的なイメージを描けない。

(でも同人作家でやっていくって決めたんだ。俺も姉ちゃんたちに負けないように、とにかく今は絵の勉強と実践あるのみ！)

姉たちに触発されて太陽は立ち上がる。

「俺、出かけてくるよ」

「え？　太陽くん、出かけるの？」

「どこに行くのよ、太陽」

「遊びに行くなら、あたしも連れってよー♪」

空に続いて沙月と地歩も太陽に視線を向ける。

「俺も姉ちゃんたちに負けてられないからね。同人誌即売会に行ってくるよ」

「ドウジン？　それって……個人出版みたいなやつだっけ？」

姉たちの中で本に一番縁遠そうな地歩が首を大きくかしげる。

「似てるけど少し違うかな。個人出版は出版社を通してるけど、同人誌は執筆から印刷の発注まで個人でするんだよ。それでつくった本をイベントで頒布したりするんだ」

「そっか。似てるようで違うんだ。あたし、ちょっと行ってみたいかも」

意外な言葉に太陽はもちろん沙月も空も驚く。

「本気なの地歩。参考書もろくに読まないあなたが行って何するっていうのよ？」

「地歩。太陽くんは遊びじゃなくて、きっと絵の勉強に行くんだよ。だから、あんまり邪魔しないほうがいいと思うよ」

「ちー姉って、漫画とかべつに興味なかったよね？」

「三人揃ってなんなのよー。確かに前はそんなに興味なかったけど、太陽が頑張ってることだし、あたしも太陽と同じものを好きになれたらなって……ねぇ、太陽……ダメ？」

地歩には珍しく上目遣いで可愛らしくお願いする姿に、太陽は内心苦笑する。

「わかったよ。じゃあ一緒に行こうよ、ちー姉」

そして、進学の準備で忙しい沙月と空を置いて二人は即売会へと向かった。

◇

「へぇ、ちょっと想像超えてるよね。なんかお祭りみたいな感じなんだ」

即売会場へ到着すると、その熱気に地歩が興味津々《きょうみしんしん》といった顔をする。

「一年に何度もできるわけじゃないから一回一回完全燃焼って感じなんだよ」

「なるほどー。オタクも結構熱い部分があるんだね」

「いくつか狙ってるサークルがあるんだけど、そこに向かっていいかな？　なんでも会場限定のコピー誌が出てるらしくて、これを逃すとプレ値で落とさないといけないんだよ」

「あはは……なに言ってるのかさっぱりだけど太陽の好きにしていいよ。あたしは太陽とデートできれば充分だから♪」

　地歩の言葉に思わずドキッとしてしまう。

「そ、そう？　じゃあ、もうひとつお願いがあるんだけどいいかな？」

「なになに？」

「実は、それとは別に買ってきて欲しいものがあるんだ」

「いいよー。あたしは今、オタクの彼女だしね。それで何を買ってくればいいの？」

　地歩の彼女発言にドキッとしながら、太陽は平静を装って目当ての品を伝える。

　そして二人はいったん別れ、その後は合流して一緒に同人誌を買い漁った。

◇

「すっかり遅くなっちゃったねー」

　会場の外に出ると地歩が空を見上げてひと息つく。

　即売会が終わる頃には日も落ちて、外はすっかり暗くなっていた。

「えっと……今日はありがとう。買い物の手伝いまでさせちゃったけど疲れてない？」

太陽だけでなく地歩の両手にも戦利品の詰まった袋がぶら下がっている。

「これくらい平気平気♪　それよりも、また二人でエロ同人誌買いに行こうね♪」

「言っとくけど、同人はエロばっかりじゃないからね」

「わかってるってばー。朝にやってる子供向けアニメのもあったし、やっぱり今日ついてきてよかったよ。あたしの知らない太陽がいっぱい知れて嬉しい♪」

花が咲くような笑顔に太陽もよかったと心の中で安堵する。

すると地歩の顔が一変してイジワルそうな笑みへと変わる。

「でも、太陽ってああいうのが好きだったんだね。おっぱいが大きくてー、エッチで小悪魔なのに意外と純情なＥＧＯのＣＣとか、お姉ちゃんキャラのジョアンナ・ダークとか。お姉ちゃんものの工ロ同人を読んでるなんて感心感心♪」

「うぐっ……ちー姉っ！　エロ同人から人の性癖を分析しないでよっ！　それより遅くなるとみんなが心配するから早く家に帰るよ！」

「ああ、待って太陽！　あたし、寄りたいところがあるんだけど……」

帰ろうとする腕を掴まれ、太陽は仕方なく立ち止まる。

「寄りたいって、どこ？」

地歩のほうを振り返れば、なぜか姉は頬を赤らめている。

「ラブホテル……行かない？」

「…………はぁっ!?」

「もうっ……今さらラブホくらいで驚かないでよ」

「で、でも……」

一瞬で太陽の妄想が頭の中を埋め尽くし、あっという間にオーバーヒートする。

「ねぇ、太陽。あたしね、今日の即売会でコスプレ用のエッチな下着、買ったんだ♪」

「――――ッ!?」

さらにトドメの一撃を食らい、太陽は一も二もなく地歩をラブホに連れ込んだ。

◇

「おおっ！　これがラブホテル！　通称ラブホか！」

人生初のラブホテルに太陽のテンションがさらに上がる。

部屋の中心には大きくて柔らかそうなベッドがひとつだけ置かれ、赤とピンクで彩られた内装と相まって、ここでラブラブセックスしてねと言っているような部屋だった。

「もー、ラブホに来たくらいで興奮しないの」

「だ、だってっ……ここで、ちー姉コスプレしてくれるんだよね!?」

「うん。エロいやつしてあげる♪」

「うわー、マジかー！　同人誌即売会でコスプレイヤーをお持ち帰りするなんて、そんなのオタクの夢だよ！　ありがとう、ちー姉！」

「えー？　たしか、コスプレ好きな人はキャラを汚さないようにコスプレセックスはしないんじゃなかったっけ？」

「なっ⁉　ちー姉が、そんなオタクに理解のあるツッコミするなんて！」

「だって太陽のこと、ちゃんと理解したいしね。それにコスプレじゃなくても、エッチなお姉ちゃんとセックスするっていうのもオタクの夢でしょ？」

「はい！　もちろんです！」

直立不動で答える太陽に、地歩は苦笑を浮かべながら準備するねと言って戦利品の袋をひとつ持ち、バスルームへと楽しそうに歩いていく。

そして、しばらくして出てくると、

「ねぇ、太陽……どうかな？」

そこにはスケスケの黒い布地でできたブラとパンティだけの地歩がいた。

「ありがとうございますっ！」

「もー、なによそれー。でも、気に入ってくれたみたいでよかった♪」

最小限の布地が胸と股間を覆っているだけで、乳首も大事な部分も透けている——というより、ほとんど見えてしまっていて丸見えより余計にエロさを感じさせる。

「太陽の、もう大きくなってるし……さっそくエッチしちゃおっか♪」

地歩は太陽の服を脱がせるとベッドに優しく押し倒す。

隆々と勃起した弟ペニスは天を向き、その上に跨がって竿の部分に股間を当てる。

「あはっ♪　なんだか今日のチンポ、いつもよりエロいね♪」

薄い布越しに姉の熱が伝わってきて、バキバキになった肉棒から我慢汁が溢れ出る。

「ちー姉が、そんなエロいコスプレするからだよ」

「だよね。さっきからずっと、めちゃくちゃエロい視線感じるし……そんなにこれが好きなんだ。じゃあ、キャラのレパートリー増やすから、あとで好きなゲームとか教えてね♪」

「え、それって……」

つまり、これからもコスプレエッチをしてくれるということで……。

地歩の愛に嬉しさと興奮がこみ上げる。

「ねぇ、どうしたの？　急に黙っちゃって、もしかして幸せを噛みしめてるとか？」

「それは……まあ、割と……」

「ふーん、正直に言っちゃうんだ。じゃあ、ご褒美に……もっともーっとあたしの中でオチンポ幸せにしてあげる♪」

気付けば地歩の股間もぐっしょり濡れていて、ほとんど意味をなさなくなった薄布を軽くどかすと膣口にペニスの先を合わせてくる。

「このまま一気に入れちゃうから……」

にゅぷぷと亀頭が熱い粘膜に包まれて、次の瞬間、一気に根元まで地歩の熱に包まれる。

膣全体が肉棒にぴったり吸いつき、それだけで突き上げたい衝動に駆られる。

「んんっ♪　太陽のが一番奥まで入ってるぅ……ピクピクって震えて……あっ、あんっ♪　早く気持ちよくなりたいって感じだね。ねぇ、お姉ちゃんの中に入って太陽は幸せ？」

「うん。ねっとり絡みついてきて、すごくぬるぬるで幸せだよ」

姉に包まれていると思うと興奮だけでなく安心感もあって、いつまでも入れていたいと思ってしまう。

「あたしも幸せだよ。太陽が、あたしの中に無理矢理入ってきてオチンポでいっぱいになる感覚……すっごく気持ちよくて好きなんだよね。でも動いてくれると、もっと幸せになれるからぁ……我慢しないで、下からいっぱい突いてほしいな♪」

太陽の心を見透かすように、地歩が悩ましげに腰を動かしペニスを甘く刺激する。

劣情を誘うためだけの下着に包まれたおっぱいが、ぷるんぷるんと誘惑し、その中心には勃起乳首が挑発するように透けて見える。

「ねぇ、動いちゃおうよ♪　お姉ちゃんの生マンコ、濡れ濡れですっごく気持ちいいからぁ♪　ほらほらっ、太陽っ♪　気持ちいいでしょ？」

きゅっきゅっと膣が締まって、子宮口が亀頭を情熱的に撫で回す。

「ぐりぐりしたらっ……ダメっ……だってっ！」

「やーだ♪　気持ちいいならもっとしちゃう♪　あ、んんっ……あたしも、これっ……いっぱい擦れて気持ちいいかも♪」

無数の膣襞にカリを強く扱かれて、熱い疼きに思わず腰が引けそうになる。

「あっ、逃がさないよー。もしかして、気持ちよすぎて出ちゃいそうなの？　だったら、ぁたしが動いてあげる♪　一方的にご奉仕してぇ、腰が抜けるくらい太陽のオチンポ気持ちよくしてあげる♪」

「ちょっ、ちょっと――」

太陽の返事も待たず、地歩は腰を大きく動かし始める。

「あっ、はぁっ……あっ、あんっ♪　やっぱり動くとっ、全然違うねっ……ごりごり擦れてっ、気持ちいいよぉ♪　奥にもいっぱいオチンポ当たってて、頭の芯まで響いちゃう♪」

まるでペニスを貪るように、膣口が愛液を垂らしながらぬちゅぬちゅと音を立てる。

そのたび太陽と地歩の間で愛の糸が幾重《いくえ》にも繋がっては消えていく。

「オチンポっ、すっごく気持ちいいよぉ♪　ずっとビクビク震えててぇ……あぁあんっ♪　オマンコ勝手に締まっちゃうっ……エロ同人の女の子もっ、こんな感じで腰振っててぇ……気持ちよさそうにしてたよねっ♪」

「そうだねっ……んくっ、んんっ！」

「朝の小さな女の子向けアニメなのにっ、こんなエロいことさせちゃうなんてっ……オタ

クってっ、ホントにエロが好きなんだからぁっ♪　太陽もっ、今日買ってきたエロ本でっ……一人でシコシコしたりするの？」

「それはっ……するかもっ……」

「だったら一人でしちゃだめっ……オナニーするならっ、これからはぁ……あたしのオマンコ使っていいからっ……オナホって言うんでしょ？　あたしのオマンコっ、オナホ代わりに使ってぇ……オマンコオナニー、あたしでするのっ♪」

姉をモノとして扱う背徳感に劣情がこみ上げる。

「あぁあああんっ♪　オチンポっ、すっごくビクビクしたぁ♪　そんなにあたしのオマンコをっ、オナホ代わりに使いたいんだっ？」

「だってっ……ちー姉を使うとかっ……そんなこと言われたらっ……！」

「いいよ♪　今日はお姉ちゃんのオマンコ使って、オマンコオナニー楽しんじゃお♪　ぁぁあんっ♪　硬いの奥まで来てるよぉっ……ここだよっ、ここぉっ……ここがあたしの中でぇ、一番気持ちいい場所なんだからっ……いっぱい使ってっ、ほらほらほらぁっ♪」

上下の動きに前後左右の動きが加わり、ペニスが快楽の渦に呑み込まれる。

「いいよぉっ♪　チンポでオマンコ掻き回されてるっ……奥もぐりぐりっ、痺れてっ……んぁああんっ♪　オマンコとろけるっ、とろけちゃうぅううっ♪」

地歩の太ももに力が入って腰がビクンビクンと震えだし、膣が一気に狭くなる。

「ちー姉っ……もしかしてイキそうっ……？」

「だって仕方ないでしょっ……こんなエッチな格好してぇ……太陽にぃ、オナホ代わりに使われてぇ……そんなのエロすぎなんだもんっ♪　オマンコっ、すっごく敏感になってるてっ……あっ、んんっ……めちゃくちゃ気持ちいいんだからっ……」

「俺もっ、ちー姉がエロすぎてっ……だから一緒にイこうよっ……ちー姉っ！」

地歩の腰使いに合わせるように太陽も腰を大きく突き上げる。

「あぁああんっ♪　うれしいっ♪　太陽っ、大好きっ♪　一緒にイクからっ、あたしもイクからっ……だからっ、もっとぉっ……あたしを使ってて、もっともっとぉっ♪」

二人の昂ぶる気持ちが溶け合って、最高の瞬間へと腰の動きが合っていく。

「太陽がぁ、興奮してくれるならっ……そのためだったらっ……コスプレだってしてっ、どんなエロいことでもしてあげるっ♪　弟専用オナホにだってなってっ、あたしっ……んぁあぁんっ！なれるんだからぁっ！」

普段と違って、どこまでも相手に合わせる姉の姿に太陽の理性が完全に弾け飛ぶ。

「ああっ、もうっ！　今日のちー姉っ、可愛すぎるよッ！」

「あぁあああっ！　すごいぃっ♪　チンポが子宮に刺さってるぅっ♪　奥が痺れてっ……ダメダメっ、こんなの我慢できないっ……太陽っ、イクからっ……あたしっ、イクからっ……だから一緒にっ……あたしとイッてぇえええええっ‼」

　地歩が絶頂した瞬間、太陽はペニスを引き抜き白濁汁をぶちまける。

「はぁあああんっ♪　すごいよっ……熱いのいっぱいかかってるぅううっ♪」

　火照った肌も黒いスケスケ下着も全部、白濁に染まっていく。

「もうっ、体中がベトベトだよぉ……こんなに出すなら中に出してもよかったのにぃ♪」

「せっかくコスプレしてくれたし、やっぱり俺ので汚したいっていうか……」

「そうなんだー。それって、めちゃくちゃエロいよね♪　じゃあ、思う存分お姉ちゃんを汚せて満足できた感じかな？」

「それなんだけど……」

　自分の精液でどろどろになった姉の姿に、ペニスはむしろビンビンになっていた。

「わぁ、カッチカチだね。これって、まだまだお姉ちゃんを精液まみれにしたいってことだよね？　ねぇ、太陽……それなら今度はオマンコの中を精液まみれにして欲しいな♪」

　地歩はベッドで四つん這いになると、太陽にお尻を向けて上も下も下着をずらす。

　形のいい大きな胸がまろび出て、秘所からは愛液が太い糸を引いて落ちていく。

「ちー姉、こんなのエロすぎるよ！　もう、中出し以外考えられなくなっちゃうよ！」

「やぁん♪　本気でお姉ちゃんを自分の色に染める気なんだ。そんな熱い目で見つめられたら、あたしも子宮が疼いちゃうよ。ねぇ、はやく♪　オチンポ、マンコにずっぷり入れて……あたしの中も太陽の色に染め上げてぇっ♪」

お尻を突き出し、物欲しそうにひくつく割れ目を太陽に見せつける。

その熱くとろけた膣穴に中出しすることを想像しながら、太陽は熱く滾った肉棒を一気に奥まで突き入れた。

「あはぁあああんっ♪　いいよぉっ♪　ぶっといオチンポっ、奥まで来てるぅっ♪　こんなエロい弟チンポっ、マンコで味わっちゃったらぁっ……気持ちよすぎてクセになるっ……もう絶対に離れられないっ♪　放したくないぃっ……大好きなのぉっ♪」

「ちー姉は、俺でいっぱいにされるのが好きなんだよねっ！」

「そうなのっ……奥ぅううっ♪　奥までオチンポっ、気持ちいいのぉっ♪　あたしの中をっ、太陽だけにされちゃうのぉっ♪　無理矢理広げてっ、入ってきてぇ……あたしが太陽のモノだってぇ……感じられて最高なのぉっ♪」

締まる膣を亀頭で力強く掻き分けるたび、地歩の背中が歓喜で震え、その顔が幸せそうにとろけていく。

「もっとぉっ♪　もっとチンポで掻き混ぜてぇ……ぐちゅぐちゅって太陽のエッチなお汁ぅ……あたしのマンコに擦りつけてぇ♪」

形のいいお尻を押しつけながら膣襞がペニスをねっとりしゃぶってくる。

気を抜いたら地歩の中で溶かされそうで、太陽は抗うように腰を動かす。

「すごいよっ……奥にぃ、ガンガン来てるっ……硬いチンポがっ、オマンコ削っててっ……

あぁあああんっ♪　いいよぉっ♪　弟チンポっ、最高だよぉっ♪　奥まで届くこの感じぃ……最高に気持ちいいのっ♪　もっと当ててよっ、奥にもっとぉっ♪」

　おっぱいを揺らしながら地歩が自分でペニスを奥へと咥え込む。

「そんなに欲しいならっ……もう手加減しないからねっ！」

「やぁんっ♪　ヤル気にさせちゃったぁ……これからあたしっ、めちゃくちゃに犯されちゃうんだ♪　いいよっ♪　あたしを好きに犯してっ……太陽が気持ちよくなるためだけにっ……あたしのマンコはあるんだからぁっ♪」

　太陽のすべてを受け入れるように膣がペニスを包み込む。

　子宮口が亀頭に熱く口づけをして、膣襞がカリに絡んで甘く痺れるようなフェラをする。

「オチンポっ、どんどんおっきくなってぇ……あたしの中ぁ、押し広げてるぅ……いいよぉ♪　もっとオマンコっ、弟チンポの形にしてぇ♪　好きな人にっ、気持ちよくなって欲しいからっ……それがあたしの幸せだからぁ♪」

「くっ……好きってっ……！」

「なぁに？　お姉ちゃんに好きって言われてドキドキしちゃったの？　今日のデートだってぇ、ちゃんと彼女らしくしてたでしょ？　好きだよ太陽っ♪　あたしは太陽のことっ、心の底から愛してるんだよっ♪」

　自分の気持ちを伝えるように地歩が腰を大きく動かし、膣がペニスを抱きしめてくる。

熱い想いにペニスが痺れ、太陽も気持ちのままに腰を激しく動かし続ける。

「ちー姉っ、俺もっ……ちー姉のこと好きだよっ……ホントにマジで大好きだからッ！」

「あぁあああんっ！　そんなこと言いながらっ……太いのっ、ごりごりっ……オマンコっ、チンポで犯されたらぁっ……はぁあああんっ！　だめぇっ♪　あたしっ……我慢できなくなっちゃうよぉおおおっ♪」

地歩がお尻を震わせながらペニスをきつく締めつける。

「もしかしてっ……ちー姉っ、もうイキそうなのっ？」

「だってぇ……この弟チンポっ、大好きだからぁっ……すぐに気持ちよくなっちゃうのっ……太陽のこと好きなんだもんっ……仕方ないでしょっ……あぁあああんっ♪　いいよぉっ♪　弟チンポっ……ホントに気持ちよすぎだよぉっ♪」

快感に足腰をガクガク震わせ、それでも地歩はお尻を振ってペニスを必死に扱き続ける。

「あたしっ、もう太陽がいないとダメなのっ……ううん。ずっと昔からダメだったのっ……太陽に構って欲しくてっ、太陽と一緒にいたくてっ……なのに最近っ、太陽ってば自分のことばっかり頑張ってぇ……結構あたしっ、寂しかったんだからねっ……」

気持ちをぶつけるように地歩は子宮口をペニスの先に何度も何度も押し当てる。

「勝手に、どんどん格好よくなっちゃってぇ……もう無理なのっ、気持ちが全然止められないのっ……ほらっ、わかるでしょ？　子宮も降りてきちゃってるっ……太陽の精液欲しくてっ、奥の奥まで犯して欲しくてっ……だからお願いっ、太陽っ♪　太陽っ♪」

早く出してと言わんばかりに子宮口が亀頭に吸いつき、膣全体がペニスを甘く溶かすように情熱的にうねり始める。

「わかったよっ！　ちー姉の奥の奥までっ、俺ので犯し尽くすからっ……金玉が空っぽになるまでっ、一滴残らず注ぎ込んであげるからっ！」

「あぁあんっ♪　うれしいっ……はやくっ、はやくぅ♪　奥に熱いのどぴゅどぴゅ出してぇっ……奥に中出しっ、子宮を犯してっ……お姉ちゃんの心も体もっ……全部っ、太陽にあげるからぁっ……だからっ、あたしをっ……太陽だけのモノにしてぇええええっ♪」

「イッくぅうううううッ!!」

子宮が太陽を受け入れようと口を開け、そこに亀頭がはまって快感が弾け飛ぶ。

「あぁあああっ！　オチンポ奥にぃ、子宮に入ってっ……熱いのたくさん出されてるぅううっ♪　気持ちいいよぉっ……最高だよぉっ……ああっ、だめっ……またイクっ……オマンコっ、イッくぅうううううっ!!」

地歩のお尻がビクンビクンと大きく跳ねて、灼《や》けるような快感が尿道を駆け抜け続ける。

それでも太陽は、地歩の尻を鷲掴みにして精液を子宮に一滴残らず注ぎ込む。

「はぁあああんっ♪　いいよぉ♪　太陽のぉ、子宮にたっぷり染み込んでくるぅ……あたしの子宮ぅ、太陽のモノになってくのぉっ♪」

気付けば地歩の尻には、マーキングのように太陽の指の跡がくっきりとついていた。

「ちー姉がエロすぎて……めちゃくちゃ出たよ……」

「だって、大好きな弟チンポには、あたしの中で最高の射精を味わって欲しいんだもん♪」

どこまでも甘々でエッチな姉に、このままずっと繋がっていたくなる。

「大好きだよ、ちー姉。いつも俺のこと愛してくれてありがとう」

「あたしも大好きだよ。エッチの相性も最高だし……これからも、ずっとずーっと一緒にいようね。あたしの太陽っ♪」

姉と心まで繋がったようで、太陽は後ろから地歩をぎゅっと抱きしめた。

●空と太陽

「太陽くん、そのソファーをどけてくれる？」

休日の午前中。太陽は、もうすっかりおなじみとなったメイド姿の空と一緒にリビングの掃除をしていた。

「うんしょっと……これでいい？」

「ありがとう。私はこのまま掃除機かけちゃうから、太陽くんは高い棚をお願いできる？」

「オッケー」

空の指示で太陽はテキパキと掃除をしていく。

今まで家事は姉たちに任せてきた太陽だったが、甘えさせてもらってばかりではいけないと最近では家事を手伝うようになっていた。

特に中心となって家事全般をこなす空には、甘えさせてもらったりモデルになってもらったりとあらゆる面でお世話になりっぱなしで、太陽はメイドでママな空の気持ちに応えたいと強く思うようになっていた。

そんな太陽の様子を、食卓で紅茶を飲みながら沙月と地歩が優しく見つめる。

「太陽ったら本当に変わったわね。以前なら家事の手伝いなんてしなかったのに」

「だよねー。すっかり頼りになる弟って感じで……見てるだけで、いっぱい甘やかしたくなってきちゃう♪」

「太陽くんは、やればできる子なんだよ」

そこに空もやって来て、三人は一生懸命掃除をする弟の姿にうっとりする。

そんな姉たちの熱い視線に気付いて、太陽は照れながらも笑みを浮かべる。

「俺、姉ちゃんたちの愛に応えられるように、もっともっと頑張るからね！」

そこには、愛を信じられなかった昔の陰キャな太陽の姿はなく、姉たちの愛を受けて輝き始めた曇りのない太陽の姿があった。

◇

その日の夜――。

「よーし、今日も頑張ったぞ！　いい出来だ！」

イラストを一点仕上げてＳＮＳにアップする。

「お疲れさま。今日もい～っぱい頑張ったね♪」

夜食を持ってきて太陽のことを見ていた空が、嬉しそうに弟の頭を優しく撫でる。

「ありがとう、空姉」

「今日はお掃除も手伝ってくれたし、自分のことも頑張って本当にお疲れさま」

メイド服に包まれた空のふたつの膨らみが太陽の顔を包み込む。

おっぱいと手のひらの優しい感触、そして空の心地好い匂いに疲れが癒やされていく。

「もう夜中の二時だから、このままベッドで寝ましょうね～」

空に手を引かれて太陽はおっぱいに顔を埋めたままベッドに向かう。

「はい、ベッドに着いたよ。お姉ちゃんが膝枕してあげるから横になって♪」

おっぱいいから空の柔らかな太ももに顔を移して、太陽は仰向けで寝転がる。

「さあ、いい子のご主人様は早くねんねしましょうね～」

「空姉。俺、このままだと眠れないかも……」

「え？　どうして？　もしかして太陽くんって枕が違うと眠れない人？」

「そうじゃなくて、さっきまでエロいの描いてたから……」

姉モノだったこともあって、股間がすでにパンパンになっていた。

「ああ、そういうこと。じゃあ、こっちのほうを先に寝かしつけてあげないとね♪」

太陽の立派なテントに気付くと、空は頬をほんのり染めて体を熱く火照らせる。

「オチンポを私が寝かしつけるまで、ご主人様はメイドママのおっぱい吸って少し待っててくださいね♪」

ズボンからペニスを取り出し、空がメイド服をはだけていく。

眼前に甘い香りを放つ大きな果実が姿を現し、太陽は顔いっぱいにそのボリュームを味わうと、吸われるために存在する中心の小さな蕾を口に含んだ。

「あっ、んんっ……私のおっぱいっ、ご主人様に吸われちゃってるっ……あぁ、あんっ♪

いいよぉ……ご主人様が赤ちゃんみたいで……母性がすっごく疼いちゃうっ♪」

体を気持ちよさそうに震わせながら空がペニスを扱き始める。

「ご主人様の……とっても熱くてガチガチになってるね♪　エッチなイラスト描きながら、ずっとこんなにしてたなんて……頑張り屋さんの素敵なオチンポ♪　よしよし、いい子♪　ママの手で、いっぱい気持ちよくなりましょうね♪」

柔らかくてしなやかな空の指が、マッサージをするように優しくペニスを撫でていく。

「先っぽも、こんなにパンパンに膨れ上がって……あ、んんっ♪　ご主人様の舌っ、乳首ペロペロ気持ちいいよぉ♪　オチンポ、いい子いい子しながら私……ご主人様におっぱい吸われてっ……胸の奥がドキドキしちゃうっ♪　とっても幸せな気分だよぉ♪」

空の声が甘くとろけて、吐息と火照った体からメスの匂いが漂い始める。

乳首がますます勃起して、太陽もおっぱいをしゃぶりながら股間をさらに熱くする。

「はぁ……オチンポって何度触っても不思議な感触だよね。皮の部分はムニュムニュして柔らかいのに、とっても硬くなっちゃうし……血管が浮き出て逞しいのに先っぽはすべすべしてて可愛いし……ふふっ♪　これが私の初めてをもらってくれたんだよね」

ペニスの隅々まで愛おしそうに撫でられて、背すじがゾクゾクするほど気持ちいい。

「あぁ……んんっ♪　ご主人様におっぱい吸われて、乳首がジンジンしてきたよぉ……なんだか本当に……ふぁ、あんっ♪　おっぱいミルク出てきそうっ♪」

「俺も……んちゅれるっ……本当にママにあやされてるみたいだよ」

「いっぱい甘えていいからね。ママのおっぱいは、ご主人様だけのモノだから……あっ、んんっ♪　そんなに夢中で乳首吸ってぇ……私もおっぱい感じちゃうよぉ♪」

　コリコリになった姉の乳首を、太陽は母親に甘えるようにちゅうちゅうと吸い続ける。

「あぁあんっ♪　いいよぉ♪　もっとおっぱいちゅぱちゅぱしてぇ……この逞しいご主人様のオチンポもっ、もっとシコシコしてあげるからぁ♪」

　太陽の顔に胸を押しつけ、空がペニスを激しく扱く。

　おっぱいの柔らかさと勃起した乳首のエロさ、そして手のひらの気持ちよさに我慢汁が次から次へと溢れ出る。

「空姉っ……ママっ……ちゅぱっ、ちゅぱっ……ママっ、ママっ……！」

「可愛いっ♪　すっごく可愛いよぉっ……ママのおっぱいっ、もっと吸ってっ♪　ママもオチンポっ、シコシコするの頑張るからねっ……はぁっ、あぁっ……ぬるぬるオチンポ気持ちいいよぉ……シコシコしてるだけなのにぃ、お手々もすっごく感じちゃうっ♪」

可愛らしい空の手が我慢汁でべっとり汚れ、ねちゃねちゃと淫らな音を響かせる。

「この、つるつるした先っぽもっ……逞しい竿の部分もっ……ずっと触っていたくなっちゃうっ♪　こんなのまるでぇ、手がオマンコになったみたいっ……このまま射精されちゃったらぁ……私っ、手で孕んじゃうよぉっ♪」

「空姉はっ……俺の子供っ、妊娠したいの？」

「それはそうだよっ……ご主人様の……うぅん。太陽くんとの赤ちゃんなら、私はいつでも妊娠したいって思ってるよ。だって私は太陽くんが好きだからっ♪」

空の気持ちがおっぱい越しに伝わってくる。

「俺も空姉のこと大好きだよ！　俺のことをずっと支えてくれて甘やかしてくれて……なにより愛してくれて本当にありがとう、空姉っ……！」

感謝の気持ちを込めるように乳首を唇で強く扱き、舌で激しくぺろぺろ舐める。

「あぁああんっ！　だめっ……だよぉっ……おっぱいしながらっ、急にそんなこと言うなんてぇ……幸せすぎてぇっ、胸がいっぱいになっちゃうよぉっ♪」

「もっともっと幸せになってっ……べろれろっ、ぢゅぱぢゅぱっ……んぢゅるるっ、れろぉおおっ！　大好きだからっ……空姉ママッ……！」

「もうっ、充分幸せだよぉ……頑張る太陽くんのそばにいられてっ、こうして一緒にいられるだけでぇ……私はすっごく幸せだからぁ……ひゃうんんっ♪　やぁああっ♪　こんなの我慢できないよぉっ……私も大好きっ……太陽くんが大好きなのぉおおおっ♪」

空を想ってしゃぶるほど、空もペニスを一生懸命扱いてくれる。

「はぁああんっ！　私っ、イッちゃいそうだよっ……おっぱいだけでイッちゃいそうなのっ……オチンポしないとダメなのにぃっ……！」

「大丈夫だよっ！　俺もイクからっ、だから一緒にっ……！」

「うんうんっ♪　私も一緒にっ……太陽くんとっ、ご主人様とぉっ……私も気持ちよくなるからぁっ……オチンポ気持ちよくなってぇっ……私のおっぱい吸いながらっ……ご主人様の熱い精液っ、私にいっぱいぶちまけてぇえええっ♪」

空がカリを一心不乱に何度も扱き、太陽も乳首を強く吸いながら舌でも激しく舐め回す。

「んぢゅるるっ……ママっ……ママっ……ママぁあああああッ!!」

そして二人は高まり続けた快感を同時に熱く弾けさせた。

「んんん～～～～っ♪　あはぁあんっ♪　すごいよっ、こんなにいっぱいぃ……♪」

「そ、空姉っ……もうっ、扱かないでッ……！」

「だーめ♪　ちゃんと寝られるように、ママがぜーんぶ搾り出してあげるんだから♪　あっ、やぁっ……そんなに出したら顔にも精液かかっちゃうよぉ♪」

空の可愛い顔と髪の毛が太陽の粘ついた精液でどろどろになっていく。

「あぁ……太陽くんのエッチな匂い♪　この精液で太陽くんとの可愛い赤ちゃん……いつか私、孕んでみたいな♪　そしたら……」

太陽の頭を優しく撫でながら空が柔らかな声で夢を語る。

「今はおっぱい出ないけど……本当のおっぱいを好きなだけ飲ませてあげるね♪」

どこまでも甘く献身的な空が愛しくて、太陽はおっぱいに顔を埋めたまま姉の腰をぎゅっと強く抱きしめる。

「ん？　どうしたの？　もっと甘えたくなっちゃった？」

「俺、空姉に……いつまでも一緒にいて欲しいんだ」

弟の決意に空が一瞬息を呑む。

しかし、すぐに緊張は温もりへと変わり、空は弟を抱きしめながら耳元で答える。

「うん、一緒にいるよ。いつまでも、ずっと♪」

嬉しそうな空の声に太陽は安堵する。

そして姉の落ち着く温もりに包まれて、心地好い眠りへといつの間にか落ちていった。

終章
姉は愛のママに

●メイドママのご奉仕レッスン

そろそろ三年生も卒業間近となったある日の放課後。

「空、太陽。そこに座ってくれるかしら？」

沙月は生徒会室に二人を呼び出し、笑みを浮かべながら扉に鍵をかけた。

「沙月、いったいなんなの？　それに、その笑顔……なんだか嫌な予感がするんだけど」

「まあまあ、そう構えないでちょうだい。それより立ち話もなんだから座って」

退路を塞がれ、太陽と空は渋々ソファーに腰掛ける。

「えっと……それで月姉、話って何？」

「実はね、お二人に折り入って聞きたいことがあるのよ」

対面のソファーに座って、沙月は笑顔を崩すことなく二人を見つめる。

まるで能面のような笑顔に、太陽も空もゴクリと生唾を飲み込んだ。

「沙月。それって、わざわざ生徒会室に呼び出してまで聞きたいことなの？」

「聞きたいことなのよ。地歩がいると間違いなくややこしいことになるから」

明らかに感情を抑えた話し方に、嫌な予感がますます大きくなっていく。

「ふーん。つまり太陽くんに関することなのね？」

「ええ、そうよ。それじゃあ、地歩に感づかれるのも面倒だから早速本題に入らせてもらうけど……なぜ、二人はそんなに仲よしなのかしら？」

「俺と空姉？　月姉とちー姉とだって俺、仲よしだと思うけど……」

「そういう意味じゃないの。太陽……あなた、空相手だとすごくリラックスしてるでしょう？　家にいるときは特に。私や地歩が甘えさせてあげるって言っても、なんやかんやで空のところに行っちゃうじゃない」

「……ソ、ソンナコトナイヨ？」

「なんでカタコトなのよ。私はね、空の何がよくてあんなにリラックスしてるのか、なんで私じゃいけないのか、その理由が知りたいのよ」

「えっと、それは……」

姉全員と愛し合うようになってから、沙月と地歩は隙あらば甘やかしという名目でエッチしようと積極的に太陽を求めるようになっていた。

一方、空は太陽が本当に甘えたいときだけ甘やかし、それ以外はまさにメイドママといった感じで身の回りの世話を甲斐甲斐しくしてくれる。

しかも家計を預かっている空に対して、沙月も地歩も強く出ることはできない。

そうなると必然的に、家では心地好い時間を与えてくれる空に甘えることが多くなる。

それをどうやって沙月に言ったらいいものか太陽が悩んでいると、空が溜め息を吐いて呆れたように口を開く。

「そんなことで悩んでたのね。じゃあ、実演してみるっていうのはどうかな？」

「実演って、どういう意味よ？」

「そのままの意味だよ。いつも私がどんな感じで太陽くんにご奉仕してるか、実際に見たほうがわかりやすいでしょ？　百聞は一見にしかずだよ」

「ちょっと空姉、ご奉仕ってまさか――」

「太陽は黙ってて。いいわ。それなら早速実演してくれるかしら」

「いいよ。じゃあ、太陽くん、裸になって床に寝てくれる？」

「ええっ⁉　いきなり裸になるの⁉」

沙月を警戒していたのに空からの不意打ちに、思わず太陽は立ち上がる。

「だって裸にならないとご奉仕できないでしょ？」

「太陽、いいからさっさと裸になりなさい」

そんな太陽に姉たちも立ち上がって、有無を言わさず弟の服を脱がしにかかる。

「う、うぅ……なんでこんなことに……」

結局、二人の姉には逆らえず、太陽は裸にさせられると床の上で横になった。

「ありがとう、太陽くん。それじゃあ、早速実演するね」

「ところで空、私はただ見ているだけなの？」

「そのほうがいいならどうぞ。私一人で太陽くんを気持ちよくしてあげるから♪」

「そ、そんなのいいわけないでしょ！　それなら私も一緒にするわ！」

寝転がる太陽の左右にそれぞれ体を寄せ、空がペニスを掴むと沙月もそれを真似する。

二人の少しひんやりした指に握られ、それだけで太陽の肉棒は逆に熱を帯びていく。

「空姉……本当に、ここでするの？」

「そうだよ。沙月に、なんで太陽くんが私でリラックスできるのか、ちゃんと教えてあげないとね。じゃないと太陽くんも沙月と地歩に迫られ続けて大変でしょ？」

「大変って……失礼ね。でも、もし太陽の負担になっているのだとしたら、私も少しは空を見習って一緒にいたいって思えるように頑張らないといけないわ」

太陽の胸に寄り掛かるように二人が熱い視線で見つめてくる。

制服越しでも姉たちの柔らかな温もりが伝わってきて、期待で興奮が高まり続ける。

「それにしても、空とこんなことをするなんて思わなかったわ」

「私だって。でも、これは太陽くんだけじゃなくて沙月のためでもあるんだよ」

「それって、地歩じゃなくて私に協力してくれるってことかしら？」

「違うよ。地歩にも聞かれたら私は正直に教えるつもり」

「わけがわからないわ。それって火に油を注いでいるようなものじゃない。それで空になんの得があるって言うの？」

「私のことはどうでもいいの。大事なのは太陽くんだよ。もっと二人が太陽くんにご奉仕の心を持って接してくれれば、太陽くんはもっともっと幸せになるでしょ？」

「そういう考え方もあるのね。それで空は、いつもどうやって太陽にご奉仕してるの？」

「沙月がしてるのと変わらないと思うけど……まずは、こうして……優しく太陽くんのを握ってあげて、いい子いい子するみたいに……」

触れる程度の優しい力で、空の指が上下にペニスをなぞり始める。

ぞわぞわとした気持ちよさが股間に広がり、太陽の呼吸が少し荒くなる。

「見て、沙月。太陽くん、気持ちよさそうにしてるでしょ？」

「そうみたいね。私も力加減には気をつけているつもりだけど、太陽が気持ちよさそうだと興奮して、ついつい激しくしちゃうのよね」

空の動きを真似ながら沙月もペニスを扱《しご》き始める。

二人の手に万遍《まんべん》なく撫でられて、不規則な気持ちよさに股間の血流が増していく。

「わざわざ教えるほどじゃないけど、オチンポの先はしっかり露出させて……」

「わかっているわ。皮を剥いておいたほうが気持ちいいのよね」

沙月の細い指先が、カリに引っかかっていた皮をゆっくりと剥いていく。

ジリジリとしたむず痒さと二人の手の気持ちよさに、だんだんもどかしくなってくる。

「太陽くんのピクピクしてる♪　オチンチンって、どうしてこんなに可愛いのかな？」

「そんなの太陽のだからに決まってるでしょ。こんなに赤黒くて血管が浮き出たグロテスクなもの、太陽のじゃなかったら絶対こんな気持ちにならないわよ」

空が亀頭を指先でなぞり、沙月が竿をさわさわと扱き続ける。

「私、太陽くんのオチンポ大好き♪　ずーっと触っていたくなっちゃう♪」

「それは私も同じだけど……それで、これから先はどうすればいいの？」

「どうもしなくていいんだよ。こうして二人で、ただ楽しい時間を過ごすだけ♪」

「でも、それだと射精できないんじゃない？」

「射精したくなったら、ちゃんと太陽くんは言ってくれるから大丈夫♪」

「はぁ……空って本当に太陽のこと理解してあげてるのね」

二人で話しながらも、その瞳は太陽を見つめ続け、手は愛しい弟を思って動き続ける。

「空姉っ……そんなこと言われたらっ、余計に射精させて欲しくなっちゃうよっ……！」

いつもは一人でも気持ちいいのに、それが今は姉二人にされている。

それだけで太陽の妄想は膨らみ続け、熱い期待に我慢汁が次から次へと溢れ出す。

「ふふっ♪　射精したくなっちゃったんだ。じゃあ、最初は沙月にやってもらおうかな」

「ええ、任せてちょうだい。しっかり気持ちよくしてあげるから♪」

しっかりペニスを握り直すと沙月が大きく手を動かす。

我慢汁に濡れた手のひらが上から下、下から上へと規則正しく扱いてくる。

「どう？　空と何か違うかしら？」

さらさらだった音はぬちゅぬちゅと粘着質になり、焦らされるような気持ちよさが明らかな快感へと変わっていく。

「違いはよくわからないけどっ……でもっ……月姉の手も気持ちいいよっ……」

太陽の感じるところを知り尽くした沙月の指が、カリから亀頭へ、そして裏筋へと弱点ばかりを責めてくる。

「沙月。無理に私と同じにしなくてもいいんだよ。大事なのは太陽くんが一番気持ちよくなることなんだから」

「それが難しいから、あなたと同じやり方を真似したいのに……」

「今でも充分だと思うよ。だって気持ちいいんでしょ？　太陽くん」

「うん……月姉にされてるって思うだけで、めちゃくちゃ気持ちいいよっ……」

「そう？　それならいいんだけど……」

「太陽くん、本当に気持ちよさそうな顔してる♪　この顔見てるだけで私、すっごく幸せな気持ちになってきちゃうの♪　だから、もっと気持ちよくなって太陽くん♪」

空もペニスを扱き始め、二人の手が淫靡《いんび》な音を奏で始める。

「あぁ……太陽が気持ちよさそうだと、なんだか私まで体が熱くなってきちゃうわ。ねぇ、太陽っ……もっと感じてっ……私の手で感じる顔っ、もっと私に見せてちょうだいっ♪」

興奮した沙月の手が亀頭を激しく撫で回す。

「沙月、焦って強くしすぎちゃダメだよ。ちゃんと太陽くんの反応見ないと」

「え？　あっ……また私ったら自分のことばかり優先して……ごめんなさいね、太陽」

「ううん。気持ちいいから、できればもっと続けて欲しいな」

素直に謝る沙月のことを姉なのに可愛らしいと思ってしまう。

「そう言ってくれて嬉しいわ。私、もっとあなたのことを想ってオチンポ扱くわね♪」

「その調子だよ、沙月。二人で一緒に太陽くんを気持ちよくしてあげようね♪」

二人は互いに笑みをかわすと弟を射精へ向けて導いていく。

「この硬くて立派なオチンポが私の初めてを奪ったのよね。あのオマンコを支配されるような感触……今でもハッキリ覚えているわ」

「うぅ、沙月はいいなぁ……私、今でも太陽くんとの初めて全然思い出せないのに……」

「大丈夫だよ。空姉の初めては俺がちゃんと覚えてるから。俺の童貞をあげたのは間違いなく空姉だよ。だから、そんなに落ち込まないで」

「あぁあんっ♪　うれしいっ♪　太陽くんにそんなこと言われたらぁ……もっとしてあげたくなっちゃうよぉ……ねぇ、沙月……あなたも一緒に……ちゅぷれるっ、れろぉおおおおおっ♪」

いきなり空が太陽の乳首にキスをすると、そのまま舌でぺろぺろと舐め始める。

「へぇ、そういうのもあるのね、勉強になるわ。んちゅっ、ちゅぷっ、れりゅれろっ♪」

「なっ⁉　なんだっ、これっ……⁉」

両乳首を襲うムズムズする感覚に、鳥肌が立って体が勝手に悶え始める。

「れるん、ねろれろっ……太陽くん、気持ちよさそう♪」

「その表情たまらないわ。ずっと見ていたいくらいよ。ぺろれるっ、れるちゅぷっ……」

肉棒への刺激に加えて乳首を左右同時に舌で舐められ、思わず腰が浮き上がる。

「ぬちゅれろっ、ちゅぷっ、んちゅっ……お口でオチンポをしゃぶるのもいいけど、乳首も意外と楽しいわね。んちゅれるっ、れろんっ♪」

「指で弄《いじ》ってもいいんだけど……ねるれるっ、ちゅるっ、ちゅぷっ……やっぱりお口でするほうが太陽くんは気持ちよさそう♪」

感じる太陽の表情を楽しそうに確認しながら二人は乳首を舐め続ける。

ペニスをねっとり扱かれながら乳首を姉二人に舐められて、羞恥心と劣情が体中を駆け巡り、太陽をどうしようもなく昂《たか》ぶらせる。

「やっ、あんっ♪　オチンポっ、すっごく震えてるわ。エッチな匂いも、とっても濃くて……ああっ、だめっ……こんな匂い嗅いじゃったらぁ……子宮が疼いてオチンポ入れて欲しくなっちゃうっ♪」

「うん、私もだよっ……もうオマンコ濡れ濡れで……下着までぐっしょりなのぉ……私も入れたいっ……太陽くんとっ……オチンポセックスしたいよぉ♪」

ペニスと乳首を責めながら、二人が熱い股間を弟の体に擦りつける。

「くっ、んんっ……月姉っ……空姉っ……！」

発情した二人の熱に下半身が甘く痺れ、種付けしたい欲求がペニスを限界まで硬くする。

「あっ、太陽くんのオチンポも、オマンコ入りたいって言ってるみたい♪　でも、ここでしちゃうと大変だから……今はお手々で我慢してね♪」

「帰ったら好きなだけオマンコしましょう♪　んちゅっ、んちゅっ……れるちゅぷっ……だから今は、このままいっぱい手に出してっ♪」

二人の手と舌が激しくなって、全身を駆け巡る快感に腰の奥から射精感がやってくる。

「ほらほらっ、イってっ♪　太陽くんっ♪　れるねろっ、んぢゅるぅううっ！」

「れろれろっ、れろろぉおおっ！　熱いのどぴゅどぴゅいっぱい出してぇええっ♪」

「うぐぅううっ！　ああっ……イクっ……もうッ……イッくぅうううううっ‼」

腰を突き上げ、精液が噴水みたいに噴き上がる。

「あぁあんっ♪　いっぱい出てるよぉっ……太陽くんの熱い精液っ、あったかくてとろとろでぇ……お手々がとっても気持ちいいよぉ♪」

「やぁあんっ♪　顔にまでかかっちゃううっ♪　この太陽の匂いだけでぇ……私っ、子宮が疼いてぇっ……妊娠したくなっちゃうのぉっ♪」

精液まみれになりながら二人の姉は幸せそうな笑みを浮かべる。

「あ、オチンチン萎《しぼ》んできちゃったね」

姉二人を相手にして精根尽きた肉棒を空が優しく手で撫でる。

一方、沙月は肩で息をする弟の胸に耳を当て、愛に満ちた笑みを浮かべる。

「太陽、お疲れさま。片付けは私たちでするから太陽は休んでいてね」

「空姉、月姉……すっごく気持ちよかったよ……」

左右に寄りそう二人の姉を太陽はぎゅっと強く抱きしめる。

「あんっ♪　太陽くんが喜んでくれれば、私はそれが一番だよ」

「本当にそうね。空を見ていて、なんとなくわかった気がするわ。ありがとう、空」

「お礼なんていいよ。それより、これからは地歩と太陽くんを奪い合わないようにね。そんなことしてたら、どんどん太陽くん二人から離れていっちゃうんだから」

「ええ。原因さえわかれば大丈夫。今度、地歩とも話をしてみるわ」

太陽は二人を抱きしめながらわかってくれてよかったと、ほっと胸を撫で下ろした。

●あたしにも教えて

「沙月から聞いたよ！　空、あたしにもコーチしてもらうからね！」

沙月が空からご奉仕レッスンを受けた翌日。

学園帰りに買い物をしてきた太陽と空に、地歩がビシッと指を突きつける。

「私は構わないけど……」

玄関で靴を脱ぎ、空は窺うように大きな買い物袋を持った太陽を見る。

「俺も構わないよ。月姉にしたのに、ちー姉にしないわけにもいかないし」

「そうだよっ、仲間はずれ禁止！　それで、どこでする？　あたしの部屋？　それとも……

いっそのこと、ここでしちゃう？」

「地歩、さすがにここでは恥ずかしいよ。それに太陽くん、学園で沙月に甘えてきたばかりだから今日は休ませてあげたほうがいいと思う」

「え～～っ⁉　沙月としてきちゃったのー⁉　そんなのズルいよ！　なんで、あたしに甘えてくれないのよー⁉」

「落ち着いて、地歩。もう済んだことを言っても太陽くんが困るだけだよ。それに、どうせするならベストコンディションのオチンチンのほうが地歩もいいでしょ？」

「それは……まあ、そうだけどさー」

唇を尖らせる地歩に空は、ぐずる子供にお菓子をあげるようにひとつ提案をする。

「今日はダメだけど、せっかくなら太陽くんが飽きないようにサプライズでするっていうのはどうかな？　地歩もエッチがマンネリで太陽くんに飽きられるのイヤでしょ？」

「うぅ……わかったよぉ。まあ、サプライズっていうのは面白そうだし……オッケー。じゃあ、タイミングは太陽がいないときに二人で決めるってことでいい？」

「いいよ。ふふ♪　待っててね、太陽くん♪」

「待っててねって……それ、サプライズって言うのかな？」

太陽は首をかしげ、そんな弟を空と地歩は楽しそうに見つめていた。

◇

サプライズ宣言されてから数日後の深夜。

明かりの消えた太陽の部屋にふたつの人影が入ってくる。

二人は入り口で服を脱いで全裸になると、足音を立てないようにベッドへ近づく。

「すぅ……ぴぃ……」

学園に行って帰宅後すぐにイラストを描き、すっかり疲れた太陽が眠っている。

その耳元に一人が口を近づけて囁くように話しかける。

「ねぇ、太陽。眠っちゃってる？　眠ってるなら返事して」

「もう、地歩ったら。眠ってたら返事なんてできないでしょ。それに起こさなくていいんだってば。このまま始めたほうがサプライズになるでしょ？」

「そう？　空がそう言うなら……今日は教えてもらう立場だしね」

「じゃあ、まずは服を脱がしちゃいましょ♪」

空が布団をどけて太陽の服を手際よく脱がしていく。

「ん……んんっ……」

「大丈夫？　太陽、起きちゃわない？」

「そのときはそのときだよ。ほら、地歩も手伝って」

二人で太陽を全裸にすると、空が太陽の玉袋を優しく撫でる。

「ふふ♪　今日もいっぱい溜まってる♪　じゃあ、私はタマタマのほうをするから、地歩はオチンポのほうをお願いね♪」

「まかせて。よーし、いっぱい気持ちよくしちゃうんだからっ♪　はむっ、れるっ……ちゅぷっ……んぢゅるるっ……」

地歩がペニスの先に舌を這わせて、軽く咥えてしゃぶり始める。

「私もタマタマ舐めちゃおっ♪　れぇろっ、れるれろっ♪」

「はぁっ！　んんっ⁉　なっ、なんだこれっ？」

「あらら。空、太陽がもう起きちゃったよ？」

「んー、もうちょっとおねんねしてるかと思ったんだけど……」

「えっ⁉　ちょっと二人とも何やってるのっ⁉」

「何って……ちゅぷれるっ……空にご奉仕の特訓してもらってるの。それにしても、昔は一度寝たらなかなか起きなかったのに……やっぱり太陽も、このオチンポみたいに立派に成長したんだね。れろぉっ、ぺろれろっ……」

「んー、そうだったかなぁ？　太陽くんって子供の頃は、よく夜中に起きて眠れないって泣いてた記憶があるんだけど……れろぉっ、れりゅれろっ……」

気付けば、いつの間にかフル勃起していたペニスを、空と地歩が美味しそうに舐めたり咥えたりしていた。

「え？　そうなの？　あたし初めて聞いたんだけど……ぢゅぷぢゅぽっ、れろぉっ……」

「一度寝たら絶対起きないのって、ちー姉のほうだよっ……添い寝してあげるって俺のベッドに入ってきて、必ず俺をぎゅうって抱きしめてっ……全然っ、放してくれなかったじゃないかっ……」

「だってぇ、太陽の抱き心地がよすぎるんだもん……んぢゅりゅりゅっ、れろぉっ……」

昔話をしながらも亀頭と玉袋を舐められ続け、眠気がすっかり快感に塗り変えられる。

「ぺろっ、んちゅっ……でも今は、無理して起きてなくてもいいからね。オチンポは私たちが……んちゅっ、はむっ……ちゃんと癒やしてあげるから♪」

「こんなのっ……気持ちよすぎて眠れないよっ……！」

「んぢゅるるっ、れるれろっ……太陽のオチンポもっ……ぢゅぽぢゅぽっ、んぢゅるぅっ……バッキバキで、すっかり起きちゃったね。ねぇ、太陽……ビックリした？」

「ビックリしたに決まってるよっ……」

「その割には太陽くんのタマタマ……れるれろっ……パンパンになってるけど？」

「それはっ……いつ、こんなことになってもいいようにっ……オナ禁してたからっ……」

「へぇ……じゃあ、太陽の期待に応えて……ちゃーんと気持ちよくしてあげないとね。ぢゅぷれりゅっ、ぢゅぽぢゅぽっ……れろろぉっ、んぢゅるるっ……！」

地歩の口が亀頭を丸ごと咥え込み、そのまま激しく啜られる。

さらに舌で裏筋を舐められて、脳天まで熱い痺れが駆け抜ける。

「ふふっ♪　気持ちよさそうに震えてる♪　太陽くんのオチンポ可愛い♪　んちゅっ、んちゅっ……はむはむっ……タマタマも、もっと気持ちよくしてあげるっ♪」

空が玉袋を揉みながら唇で優しく咥えて甘噛みしてきて、急所を食べられるような感覚に背すじがゾクゾクしてしまう。

「空姉っ……それヤバいってて……！」

「ちょっと太陽っ！　あたしのときより感じてない？」

「そんなことないってっ……ちー姉も、めちゃくちゃ気持ちいいからっ……！」

「地歩、それなら私と替わる？」

「なんか、それだと負けた気がするからやだ。それより、早く空のテクニックを教えてよ。今日はそのために二人でしてるんでしょ？　んぢゅるるっ、ぢゅぽぢゅぽっ……」

「うーん。教えられるほど私も上手じゃないんだけど……やっぱり一番大事なのは、真心を込めてオチンチンにご奉仕することかな。ちゅっ、ちゅっ……ぢゅぷぷっ……」

「だったら大丈夫♪　あたしほど太陽のオチンポを可愛がって、愛してあげたいって思ってる人はほかにいないからっ♪　ぢゅぽぢゅぽっ、れろぉおおっ……」

地歩が裏筋を舌先で扱くように舐め回し、空が玉袋に何度も何度もキスをする。

「それなら安心かな……太陽くん、もっともっと私たちで癒やされてね♪　たしか、ここも……タマタマとオチンポの間も気持ちよくなってくれたよね……れりゅぢゅぷっ、れろれろれろれろっ」

「あっ、ああっ……！」

竿の付け根を舌で強く扱かれて、尿意にも似た快感が押し寄せる。

「へぇ、そこってそんなに気持ちいいんだ。あたしも今度やってみよ♪　れろろろっ、ぢゅぽぢゅぽっ……れりゅぢゅるっ、ぢゅるるぅっ……」

ペニスの根元を空に舌でほじくられ、カリを地歩に唇で熱心に扱かれる。

ペニスを上下から姉二人に刺激され、こみ上げる衝動に腰が勝手に持ち上がる。

「あはっ♪　太陽、すっごく感じてるね♪　やっぱり二人だと、いつもより気持ちいいんだ♪　ねぇ、太陽……沙月のときもこうだったの？」

「月姉のときもっ……めちゃくちゃ気持ちよかったよっ……」

「だったら、あたしも負けてらんないね！　れりゅれろっ、んぢゅるるっ！　ぢゅぽぢゅぽっ、ぢゅりゅりゅりゅぅううっ！」

熱い唾液の溜まった口内で激しくしゃぶられ、尿道を快感がこみ上げる。

「待ってッ！　ちー姉ッ……！」

「んくっ、あぁ……エッチなお汁がいっぱい出てきた♪　もっと感じてっ♪　れりゅれろっ、ぢゅぷりゅううっ……ぢゅぽぢゅぽぢゅぽぢゅぽっ、ぢゅぷれりゅううっ♪」

「地歩。さっきから勝ち負けを気にしてるみたいだけど……れろれろっ……私は、そういうの少し違うと思うな」

「えー？　でも、どうせなら上手なほうがいいよね？　れりゅれるっ、ぢゅぷぷっ……」

「まあ、地歩が上手になれば太陽くんは幸せになれるから、それはそれでいいけど……でも、太陽くんで争うのは……やっぱり、私は感心しないな」

「なんでよ。太陽のために頑張ってるんだからいいでしょ？　ぢゅるるるっ……」

「それでどうなったのか、もう地歩ならわかるよね？」

「うっ……わかったわよぉ……一番大事なのは太陽がどう感じるか。太陽のオチンポに、どう愛情込めてご奉仕するか。それでいいんでしょ？」

「うん。それがわかってるなら、もう私が教えることはないよ。一緒に太陽くんにご奉仕しましょう♪　ぺろれりゅっ、れろぉおおおっ……」

「ごめんね、太陽っ……もうお姉ちゃん、太陽のことで争ったりしないからっ……いっぱいご奉仕してあげるからっ……だから感じてっ……ぢゅりゅれるっ、れりゅりゅううううううっ！」

　地歩の口がペニスを熱く包み込み、敏感な部分を情熱的に扱いてくる。

「ちー姉っ……すっごく気持ちいいよっ……！」

　地歩の一途な気持ちが伝わってくるようで、腰の奥から熱い気持ちがこみ上げる。

「嬉しいよぉ♪　ここ数日、あたしも我慢してたからぁ……感じてくれてる太陽のオチンポっ……とってもエロくておいしいっ♪　ぢゅぽぢゅぽっ、ぢゅるるぅううっ♪」

「ちー姉もっ……我慢してたのっ？」

「うん。空が、そうしたほうがいいって言うから……だから超欲求不満なのぉ♪」

「そのほうがお互いに盛り上がれるでしょ？　私もっ、ずっと我慢してたからぁ……太陽くんのオチンポ見てたらオマンコ疼いてっ……欲しくなってきちゃったよぉ♪」

「あたしも精液欲しいよぉ♪　我慢汁もおいしいけどぉ……精液欲しいのっ♪　ぢゅりゅりゅりゅっ、れろぉおおっ♪」

　淫らな水音を立てながら、二人の舌と唇が太陽をイカせようと下半身で這い回る。

「空姉っ、ちー姉っ……俺っ、そろそろイキたいよっ……！」

　溜まりに溜まった劣情が出口を求めてペニスの中で暴れ出す。

「いいよっ……太陽くんは好きなときにイッていいからっ……はむれりゅっ、はむはむっ……ぢゅぷぷぷっ、れろぉおおおっ♪」

「太陽の切なそうな顔……可愛くってドキドキしちゃうっ♪　最近、エッチな太陽の顔見てなかったからぁっ……オマンコすっごい疼いちゃうよぉっ♪」

「でも、これからは大丈夫だよね。ちゃんと太陽くんのことだけ考えてれば、地歩にだってたくさん甘えてくれるからっ……れろれろっ、ぢゅぷるぅううっ♪」

「そうだよね。あたし、太陽のことだけ考えるからっ……太陽っ、大好きっ♪　んちゅっ、れるっ……ちゅっ、ちゅっ♪」

　地歩が亀頭にキスをして、甘い痺れが導火線に火を点《つ》ける。

「ふふっ♪　タマタマがきゅうって上がって射精の準備しちゃってるっ♪　れろぉおおっ、はむはむっ……出していいよっ……この中の精子全部っ、お姉ちゃんに出しちゃおっ♪」

「あたしに飲ませてっ……太陽の精液ぃっ……このままイカせてあげるからぁ……ぢゅるるるっ、ぢゅるろぉっ……あたしのお口にっ、どぴゅどぴゅ出してぇえええっ♪」

「そんなにっ……チンコ吸われたらッ……！」

「イッていいよっ♪　タマタマくんもっ、がんばってっ♪　私も応援してあげるからっ……

はむはむっ、れろぉおおおっ……がんばれっ……れろろぉおおっ♪」

「お口の中でぇ、オチンポ射精したがってるよぉ……いつでも出していいからねっ……ぢゅぽぢゅぽっ、ぢゅるれりゅっ……太陽っ♪　太陽っ♪　大好きっ、太陽っ♪　ぢゅぢゅれるっ、れろれろっ、ぢゅりゅぢゅぢゅううううっ！」

「ちー姉ッ……出るよッ……うぐっ、ああっ……出るぅううううううっ!!」

献身的で情熱的な二人の姉に、太陽の劣情が我慢できずに爆発する。

「んぶぅんんっ!?　んんーーーーーーーーっ！」

まるでビュルルルッという音が聞こえてきそうなほど勢いよく、地歩の口へと大量の精液が次から次へと溢れ出る。

「んくっ、ごくっ……すっごい出てるぅ♪　ぢゅぷりゅりゅっ、んぐっ、ごくっ……こんなの量が多すぎてぇ……口の中から溢れちゃうよぉ♪」

「太陽くんのタマタマも精液頑張って送り出してるねっ♪　ちゃんとぜーんぶ出しちゃおうねっ♪　がんばれがんばれっ♪　いい子いい子っ♪」

空に玉袋を撫でられて、地歩の口に一滴残らず出し尽くす。

「ぷはっ、はぁ……もう、どんだけ出すのよぉ♪　こんなに太陽の味わっちゃったらっ、我慢なんてできないよぉ♪　ねぇ、太陽♪　オチンポも硬いままだし、今度はあたしのオマンコでっ……レッスンの続きしようよぉ♪」

「私も、お願いっ♪　この精液の匂いだけで、オマンコすっごく濡れちゃってるのぉ♪　勃起が治まらないと太陽くんも眠れないだろうし……私もオマンコいいでしょ？」

発情したメス猫のように二人の姉から求められ、太陽も盛りのついた猿のようにペニスを再びギンギンに滾らせる。

すると廊下のほうからバタバタと足音がやって来て、

「いいわけないでしょ⁉　平等にと思って黙って見てたのに、これ以上はレッスンじゃなくて、ただのセックスじゃないっ！　だったら私も一緒にするんだからっ！」

勢いよく扉を開けて沙月が部屋に入ってくる。

どうやら例の監視カメラで覗いていたらしく、結局、太陽は三人の姉たちと朝までたっぷり何度も何度も愛し合った。

●好き好き大好き

「というわけで、沙月とあたしと空で協定を結んだってわけ」

卒業式も無事に終わり、冬の寒さも和らいできた頃。

太陽は終業式から帰ってくるなり姉たちからリビングに呼び出され、地歩から聞き慣れない言葉を聞かされていた。

「……協定？」

首をかしげる弟に地歩の隣にいた沙月が口を開く。

「そうよ。正しくは姉弟母子権平等化協定。姉がママになる権利を平等にしようっていう協定のことよ。よく考えたら最初からこうすればよかったのよね」

「でも沙月、今までがあったから私も地歩も協定に賛成できたんだと思うよ……って、太陽くん、私たちの話聞いてる？」

「え？　ああ、聞いてるよ。つまり、俺を姉ちゃんたちで平等に所有して、喧嘩しないようにするってことだよね？　それでみんなが仲よくできるなら俺は全然構わないよ」

自分の意思がまったく無視されていることに、太陽は胸のうちで溜め息を吐いた。

(でも、それでこの幸せな関係が続くならいいか)

三人の姉全員が好きで、みんなを分け隔てなく愛すると決めた以上、これくらいは愛する者の義務だと太陽は腹を括った。

「それじゃあ、太陽も認めてくれたことだし、次は卒業旅行の話をしましょうか」

「お、いいねー。太陽はどこ行きたい？　どこでも連れて行ってあげるよ♪」

沙月の話に地歩が楽しそうな笑みを浮かべる。

「ちー姉、俺はまだ卒業しないよ？」

「なに言ってるのよ、太陽。あんたも一緒に行くに決まってるでしょ」

「そうよ、太陽。あなたがいない卒業旅行なんて全然楽しくないじゃない」

「太陽くん、もしかして行きたくないの？」

三人の姉に詰め寄られ、それならと太陽は頭の中で考える。

「わかったよ。じゃあ、みんなで海なんてどうかな？」

弟の提案に姉たちは目を輝かせ、こうして卒業旅行は海へ行くことになった。

◇

「広がる青空に心地よい風、そして暖かな日差しと輝く海。はぁ、本当に最高だなー」

海外のリゾートビーチで太陽は優雅に日光浴を楽しんでいた。

しかも父と母の粋な計らいでプライベートビーチを貸し切ってもらったため、ほかの海水浴客は一人もいない。まさに姉弟水入らずでの卒業旅行だった。

「太陽、ちゃんと日焼け止めは塗った？　男の子だからって紫外線に無防備でいちゃダメよ。こういうのは、あとから響いてくるんだから」

ビーチチェアでくつろぐ太陽を水着姿の沙月が見下ろしてくる。

黒で縁取られた白いビキニは沙月のボディラインを強調し、それでいながら知的で清楚な雰囲気を感じさせる。

「太陽くん、喉渇いてない？　かき氷食べる？　海だからって油断したらダメだよ？　ちゃんと水分取って熱中症には気をつけないと」

するとと反対側から空も水着姿でドリンクとかき氷を持ってやって来る。

明るいオレンジを基調とした空のビキニは、可愛いお尻と包容力のある胸を柔らかなフリルがさりげなく強調し、派手さはないものの充分に魅力的だった。

「太陽、ちゃんと準備運動はした？　足つったりしないように念入りにするんだよ。あと、水泳は肩を痛めやすいからしっかり肩甲骨も回しておくこと。わかった？」

そして最後は、ネイビーブルーのビキニを着た地歩が目の前に颯爽と現れる。

引き締まったお腹と健康そうな脚、そして張りのある大きな胸が落ち着いた青色で逆に強調され、スポーティーでありながらもエロスをしっかり感じさせてくれる。

魅力的な三人の姉に囲まれて、それぞれの過保護ぶりに思わず笑みがこぼれてしまう。

「月姉も空姉もちー姉もわかったよ。じゃあ、日焼け止めを塗って、かき氷を食べて、それから準備運動して泳ごうかな」

「それなら私が日焼け止め塗ってあげるわ♪」

「あっ、沙月ずるいー。それなら、あたしも日焼け止め塗るー！」

沙月と地歩が手に日焼け止めを取って、太陽の体中に万遍《まんべん》なく塗り始める。

「じゃあ、塗り終わるまで私がかき氷食べさせてあげるね。はい、あーん♪」

「ありがとう、空姉。はむっ、もぐもぐ……くぅうっ、冷たくて美味しー！」

プライベートビーチで大好きな姉たちに甘やかされ、太陽は天国気分を満喫する。

ダイヤモンドのように輝く海でひと泳ぎし、戻ってくると沙月が砂浜で一人待っていた。

「あれ？　ちー姉と空姉は？」

「トイレにでも行ったんじゃない？　それよりも、せっかくのプライベートビーチなんだから、私と大人の楽しみ方にチャレンジしてみない？」

太陽の腕を抱きしめて沙月が上目遣いで見つめてくる。

「えっ？　大人の楽しみ方って……？」

「もう、わかってるくせに♪　ここは日差しも強いから、どこか近くの岩陰にでも行きましょう。そこなら二人っきりでたっぷり楽しめるわ♪」

「さ・つ・き。いきなり協定違反するつもりなの？」

太陽の腕を引く沙月の前に、両手にクレープを持った空が現れる。

「か、勘違いしないで。そんなわけないでしょ。ただ、少し先に楽しませてもらうだけよ。空も、あとで太陽と楽しめばいいじゃない」

「回数をカウントして均衡化を図るってルールだっけ。でも、協定には抜け駆け禁止ってルールもあったはずだよね？」

空はクレープを太陽に持たせると、沙月とは反対側の腕にぎゅっと抱きつく。

沙月と空の視線がぶつかりバチバチと熱い火花が散り始める。

「あーっ！　ちょっと二人ともっ!?　あたしだけ仲間はずれなんてヒドくない？」

そこへ地歩もやって来て、太陽に正面から抱きついてくる。

「ねぇ、太陽。あっちに岩陰があるから、二人で気持ちいいことしようよー♪」

「地歩、あなた堂々と協定を破るつもりなの？」

「沙月……あなたがそれを言うの？　地歩も、太陽くんはみんなのものでしょ？」

「つまり空は、太陽と二人っきりになりたくないんだ？」

「空はそうかもしれないけど私は違うわよ。せっかくの卒業旅行だもの。太陽との思い出をいっぱいつくるんだから」

「わ、私だって……太陽くんとの思い出いっぱいつくりたいに決まってるよ。でも……」

「ストップ！　ストーップ！　姉ちゃんたちいったいどうしたんだよ。みんな仲よくするために協定を結んだんでしょ？」

「まあ、そうなんだけどさぁ……」

地歩がもじもじしながら太陽を熱い視線で見つめてくる。

すると沙月と空も顔を赤らめ、その胸をもどかしそうに太陽の体に擦りつけてくる。

「太陽のこと見てたら、その……ムラムラしてきちゃったのよね」

「だって、太陽くん……すっごくセクシーなんだもの」

「いや、だからって喧嘩はよくないよ」

「そんなこと言って、太陽くんもオチンチン大きくなってるよ？」

「え？　そんなまさか……」

全員の視線が集まるその先で、姉たちを発情させた元凶はビンビンに勃起していた。

「ねぇ、太陽くん。オチンポ、こんなに立派なままだとホテルに戻れないよね？」

「さっきも言ったけど、あっちの岩陰がちょうどいい感じなんだよねー♪」

「喧嘩がダメなら、このオチンポで私たちのこと……みんな一緒に気持ちよくしてくれないかしら？　それなら抜け駆けにもならないし……太陽、あなたならできるでしょ？」

自分を求める姉たちからクラクラするような甘い匂いが立ち上り、ペニスも期待に応えるべく熱く滾ってそびえ立つ。

「月姉、ちー姉、空姉……みんな大好きだよ！　愛してる！」

太陽は三人を抱きしめると岩陰へと連れて行く。

そして、いつものように甘やかされながら最愛の姉たちと愛を育《はぐく》み合うのだった。

終

あとがき　s.iou

どうも、s.iou《しおう》です。

弟を溺愛するお姉ちゃんたちとの甘やかされ生活はいかがだったでしょうか。

今回は、多くのエロゲユーザーに愛され続け、今年でブランド発足二十周年を迎えられたアトリエかぐや様原作の『姉は徒然なるママに』をノベライズでお届けいたしました。

アトリエかぐや様と言えば、初めてプレイしたエロゲの『ナースにおまかせ』、プロの物書きとしてデビューさせていただいた『お兄ちゃん!!　射精の管理は妹に任せて!!』と、私にとって大変思い入れのあるブランドです。

シナリオでは今もお世話になっていますが、ノベライズでも関わらせていただけて嬉しい限りです。

祝二十周年！　アトリエかぐや様、本当におめでとうございます！

声をかけてくださったパラダイムの担当編集者様もありがとうございます。

原作ゲームもHシーンのアニメーションや声優さんの素敵な演技など、抜きどころが満載なので気になったら是非プレイしてみてください。

最後まで読んでくださった皆様に心から感謝するとともに、これからもアトリエかぐや様はもちろんs.iouのことも応援していただければ幸いです。

二〇二一年　七月

ぷちぱら文庫

姉《あね》は徒然《つれづれ》なるママに
～弟《おとうと》のエッチなお世話《せわ》は
甘《あま》エロJKシスターズにお任《まか》せ！～

2021年 7月 13日　初版第１刷 発行

■著　　者　siou
■イラスト　H+O
■原　　作　アトリエかぐや Cheshire Cat

発行人：久保田裕
発行元：株式会社パラダイム
〒166-0004
東京都杉並区阿佐谷南1-36-4
三幸ビル4A
TEL 03-5306-6921
印刷所：中央精版印刷株式会社

PP398